Horváth Elza

A kislány
és a hadnagy

novum pro

© 2020 novum publishing

ISBN 978-3-99064-782-0
Lektor: Sósné Karácsonyi Mária
Borítóképek: Vitezslav Sispera, Katerina Sisperova, Sognolucido | Dreamstime.com
Borító, tördelés & nyomda: novum publishing

www.novumpublishing.hu

1.

A kezdetek

Két lövés rázta meg az erdő csendjét. A kislány összerázkódott a bokorban. Hozzá volt szokva a lövésekhez, mégis minden egyes alkalommal megijesztették.

Apával gyakran tartottak gyakorlatot az utóbbi időben. Ha apa szólt, hogy futás, akkor neki gyorsan el kellett bújnia valahová, ahol nem vehetik észre. Meg kellett várnia a lövéseket, majd nézni az óráját, 15 perc után pedig kilesni a rejtekhelyről, hogy előjöhet-e. Apa megtanította, hogyan lehet úgy elbújni, majd előjönni a rejtekhelyről, hogy senki semmit ne vegyen észre. Az utóbbi időben ez nagyon jól ment neki, sokszor kapott dicséretet érte. Az apja soha nem mondta el, miért kellenek ezek a gyakorlatok, de neki mindig igaza volt, legalábbis sokszor.

Most is várt 15 percet, majd óvatosan előbújt. Valami furcsa érzés fogta el, ahogy közeledett a kocsihoz.

– Apa!

– Judy, bújj el! Most! – parancsolta apa.

Judy nem értett semmit, de apa szava szent volt. Ismét elbújt a bokorba.

Kb. félóra telhetett el, el is bóbiskolt egy kicsit a bokorban, mikor kutyaugatásra és emberi hangokra lett figyelmes. Félni kezdett. A hangok nem apától származtak, és nem is Hegyi Papa Buck nevű kutyájától.

– Hadnagy úr! Nézze, gyerekülés a hátsó ülésen.

– Még érezni a meleget, hogy ült itt valaki – mondta a hadnagy, miközben a kezét az ülésre tette. – Keressék a gyereket!

A hadnagy a negyvenes évei elején járó, sportos testalkatú, vörös hajú, kék szemű férfi volt. Ő volt a Miami Rendőrségi Labor, és egyben a helyszínelők vezetője is. Mindig öltönyben járt, nyakkendő nélkül. A munkatársai szerették és tisztelték őt igazságossága, jó meglátásai miatt. Mindig kiállt a munkatársai mellett, még akkor is, ha nagy bajba keveredtek. Az összetartó, öt fős, szűkebb belső csapathoz a hadnagyon kívül két férfi és két nő tartozott.

– Hadnagy úr! A kutya kiszagolt itt valamit – hangzott pár perc múlva.

Annál a bokornál álltak, ahol Judy kuporgott, már nagyon fázott és félt. Nem értett semmit a történtekből, de mikor a hadnagy megszólalt, érezte, hogy nem kell félnie.

– Helló! Ha valaki van a bokorban, nyugodtan előbújhat. Smith hadnagy vagyok a Miami rendőrségtől.

Judy óvatosan kilesett. Egy arcot vett észre a bokorhoz közel. Egy öltönyös férfihoz tartozott az arc, amely azt sugározta, hogy minden rendben van. A hadnagy bátorítóan felé nyújtotta a kezét:

– Gyere, nem kell félned.

Amikor előbújt, mindenki meglepődött pöttöm termetén. Nem sejtették, hogy ilyen fiatal – mindössze négy éves volt.

– Szia! – mondta Smith hadnagy. – Hogy hívnak?

– Judynak – mondta alig hallhatóan a kislány

– Jól vagy?

– Ühüm – bólogatott Judy. – Kicsit fázom.

Erre a hadnagy levette az öltönyének a felsőjét és ráterítette Judyra.

– Köszönöm – mondta Judy egy halvány mosollyal az arcán.

– Gyere velem! – fogta kézen a hadnagy, és elindultak a villogó fények irányába.

– Félek! – torpant meg Judy hirtelen.

– Ne félj! Minden rendben lesz – mondta a hadnagy, miközben felvette a karjaiba a kislányt.

Judy ösztönösen hozzábújt a hadnagyhoz, átkarolva a nyakánál, fejét rátéve a rendőrtiszt vállára. Nagyon fáradt volt már, és a férfi biztonságos karjaiban hamar álomba szenderült.

A hadnagyon valami furcsa érzés söpört végig. Akkor érzett mindig ilyet, mikor édesanyja átölelte egy-egy esés után kicsi korában. Nem tudta mire vélni ezt az érzést, pedig nagyon sok gyerekkel volt már dolga a zsaruévei során.

Akkor, ott, a naplementében egyikük sem sejtette, hogy a mai találkozásuk egy hosszú barátsàg kezdete.

A hadnagy autója gyorsan haladhatott, mert Judy arra ébredt, hogy valaki óvatosan keltegeti. Már a rendőrség épülete előtt voltak. Ugyan sötét volt, de a hold fényében is látszódtak az épület körvonalai.

– Jót aludtál? – kérdezte a hadnagy, miközben segített kiszállni az autóból a kicsi lánynak, aki csak álmosan bólogatott.

– Most egy néni elkísér egy helyre, ahol sok gyerek van. Ott fogsz aludni, holnap pedig érted megyek reggel.

Judy továbbra is álmosan bólogatott: annyira fáradt volt, hogy nem is hallotta a hadnagy szavait.

Másnap reggel a hadnagy elment Judyért az árvaházba.

– Jó reggelt! – köszönt Judy vidáman, ahogy meglátta a hadnagyot.

– Jó reggelt! – köszönt vissza a férfi mosolyogva. – Emlékszel még rám? Most elviszlek a rendőrségre, ahol beszélgetünk egy kicsit.

– A szuper autóddal megyünk? Ennyire emlékszem tegnapról. Kényelmes volt.

A hadnagy szélesen mosolygott az őszinte szavak hallatán.

Mikor megérkeztek a rendőrőrsre, Judyt megint félelem fogta el. Sosem járt még rendőrségen. A robusztus épület zöldesen csillogott a napfényben, bejáratán ki-be jártak az emberek. Az épületen belül fegyveres rendőrök és fegyvertelen nők és férfiak siettek jobbra-balra. Méhkasnak tűnt első látásra a hely.

Judy félénken hozzábújt a hadnagyhoz. Egyelőre azt sem értette, hogy mit keres itt, és hol vannak a szülei.

– Apa és anya hol van? – kérdezte hirtelen.

A hadnagyot kicsit váratlanul érte a kérdés annak ellenére, hogy fel volt rá készülve, egyszer meg kell válaszolnia ezt a kérdést. Nem tudta hirtelen, hogy mi lenne a legjobb válasz, hisz' nem ismerte a kislányt és nem tudta, hogy mire emlékszik a tegnapi napból.

– Egy nénivel vannak, de gyere, beszélgessünk egy kicsit.

Egy szobába mentek, ahol volt egy kanapé, egy asztal, az asztal mellett pedig a kanapéhoz illő két fotel. Az egyik oldalon a falon egy széles tükör állt, a szoba többi fala üvegből volt – jól ki lehetett látni rajta, ugyanakkor kintről is beláttak.

A hadnagy leült a kanapéra, Judy mellé kuporodott. Zavart volt, még mindig nem értett semmit az egészből, hogy mit keres itt, és hol vannak a szülei. Nagyon hiányzott már neki anya és apa. Szerette volna már látni őket, érezni anya meleg ölelését. Ehelyett itt van egy számára egyelőre ismeretlen, de kedves és nyugalmat árasztó férfival, aki beszélgetni szeretne vele.

– Félsz? – kérdezte a hadnagy, mert érezte, hogy a kislány reszket, ahogy hozzábújik.

– Igen. – Egy könnycsepp gördült végig Judy arcán, miközben szorosan a hadnagyhoz bújt.

– Nem kell félned – simogatta meg a férfi Judy fejét, aki ettől a mozdulattól kezdett megnyugodni. Ránézett.

– El tudod nekem mondani, hogy hol voltál tegnap délután?

– Hegyi Papánál. Szülinapja volt. Vittünk neki tortát, de ajándékot nem, mert nem szereti az ajándékokat. Anya azt szokta mondani, hogy Hegyi Papának megvan mindene, ezért nem kell neki semmi.

– Ki az a Hegyi Papa, és miért hívják így?

– Hegyi Papa anya apukája és ott lakik az erdőben, bent egy domb alján. Mivel Miamiban nincsenek hegyek, amikor kicsi voltam, nagyon nagynak tűnt a domb hozzám képest. Mikor legelőször megláttam, azt mondtam, hogy „de magas ez a hegy".

– Értem. Akkor ezek szerint van egy nagypapád, nem messze Miamitól. – Judy erre csak bólogatott. – Ha nem haragszol, akkor elmegyek egy kicsit. Hívok egy nénit, aki vigyáz rád, míg visszajövök. Hozzak neked valamit?

– Kaphatok papírt és ceruzát?

– Persze. Hoz a néni neked azt is.

Smith hadnagy telefonált valakinek, aki pár perc múlva megjelent egy csomag színes ceruzával és papírokkal.

– Nemsokára visszajövök – köszönt el a férfi Judytól.

– Várj! – mondta Judy és odaszaladt a hadnagyhoz, aki közben leguggolt a pöttöm lányhoz. Judy puszit nyomott az egyik arcára.

A hadnagy elmosolyodott, miközben kérdőn nézett a kislányra. – Ezt azért kaptad, hogy ne felejts el visszajönni a másik pusziért.

A férfin ismét az a furcsa érzés futott végig, amit tegnap este érzett, mikor a kislány átölelte.

– Mit találtál? – kérdezte a hadnagy Stacyt, aki a DNS-elemzéseket végezte.

– Annyit, hogy a kislány, a nő és a férfi DNS-e egyezik.

– Kösz.

– Eric, mit találtatok?

– Az adatbázisokban semmit. A szülők tiszták. Még egy gyorshajtás sincs.

– Terjeszd ki a keresést!

– Rendben.

A hadnagy közben lement a hullaházba. Irina épp Judy szüleit vizsgálta. Irina kétgyermekes, sötét bőrű, fekete hajú, 42 éves elvált anya volt. Az ilyen esetek őt is megrázták, annak ellenére, hogy már húsz éve dolgozott halottkémként.

– Mit találtál? – kérdezte a hadnagy Irinát.

– Mindkettőjükkel egy-egy tiszta lövés végzett. Talán pár percig élhettek még, aztán elvéreztek. Csúnya haláluk volt. A ruhájukat felküldtem Claire-nek. A kislány jól van?

– Az egyik szobában van egy pszichológussal, egy karcolás sincs rajta, és egynlőre nem tud semmit a szüleiről. Annyit tudok, hogy a nő apjánál voltak tegnap, nem messze Miamitól.

– Szegény kislány. Nem ezt érdemelte.

– Nem. Nagyon értelmesnek tűnik, és van valami furcsa érzésem vele kapcsolatban, mikor a közelében vagyok.

– Beszélj még vele, hátha megtudsz még valamit.

– A nevükön kívül semmit nem tudunk róluk. Teljesen tiszta, törvénytisztelő emberek voltak.

– Ismerem ezt a nézést, látom az arcodon, hogy mégis zavar valami.

– Igen. Miért lőtték le őket pont ott, és pont tegnap? A kislányt miért hagyták életben?

– Hol találtatok rá a kislányra?

– Egy bokorban.

– Nem lehet, hogy már a bűntény előtt elbújt oda?

– Ez már nekem is eszembe jutott. Megyek, megkérdezem tőle, hátha választ kapok rá.

– Szia!

A hadnagy visszaindult Judyhoz, de útközben az egyik munkatársa, Eric megállította. Eric az adatbázisban kereste a szülők múltját, hogy kitalálja, miért is ölhették meg őket, mi lehetett az indíték. Eric mexikói származású volt, 32 éves, nőtlen, fekete göndör hajú, barna szemű. Sportos testalkata és napsütötte bőre miatt a helyszínelések közben sok lány tett rá megjegyzést, miszerint szívesen eltöltenének vele egy éjszakát, vagy lennének a barátnői. Ráadásul zsaru is… együtt mindez a miami lányok egyik álma.

– Főnök!

– Mondd!

– Találtam valamit. A szülőkre a tanúvédelmi programban bukkantam rá. Eredeti nevük James és Claudia Klavicky. Már házasok voltak, mikor bekerültek a programba, de csak ennyit tudtam kideríteni róluk. Többhöz nincs hozzáférésem.

– A kislányról nincs semmi?

– Annyi, hogy a születési anyakönyvi kivonat szerint ő már Miamiban született.

– Ez is valami. Felhívok valakit a tanúvédelemnél.

Smith hadnagy félóra múlva a Miamihoz közeli mocsárvidék egy kihalt részén találkozott John Foginszky ügynökkel a tanúvédelemtől.

– Jó napot! John és Edit Petersonról, régi nevükön James és Claudia Klaviczkyról van szó.

– Jó napot! A kérésére utánanéztem. A férj egy kegyetlen gyilkosság szemtanúja volt. Tisztes állampolgárok voltak, de nem mertek tanúskodni. Meg is fenyegették őket többször, hogy ha megteszik, akkor megölik őket. Többször zaklatták őket, betörtek hozzájuk. A nőt egyszer majdnem megerőszakolták. Elköltöztek egy másik városba, de ott is folytatódtak az incidensek. Ezért bevettük őket a tanúvédelmi programba. Közben elfogták a gyilkost és sittre vágták. Ennek már hat éve. Forrásaink szerint úgy gondolja, hogy ez a két ember dobta fel őt, habár ők ott sem voltak a tárgyaláson, csak hasonló tanúvallomást tett helyettük valaki. A gyilkos azonban megfogadta, hogy megöli őket. A forrásaink szerint nyomoztatott a szülők után, és ezek szerint megtalálták őket. Épp azt szerveztük nekik, hogy átköltözhessenek másik városba, mert szóltak, hogy megint ugyanúgy zaklatják őket, mint Ohióban.

– És a kislányról nem tudtak? Ő ugyan már Miamiban született.

– A forrásaim szerint nem. Bár az anya szólt párszor, hogy szerinte figyelik a lányát is. Talán –szerencsére – úgy gondolták, hogy a kislány nem tud semmit. Ennyit tudok.

– Kösz az infókat! – mondta Smith hadnagy. Beszállt az autójába és sietett vissza a laborba. Az új információk más kérdést is felvetettek benne: tényleg nem tudtak a kislányról, vagy tényleg elbújt a bokorba, mielőtt lelőtték a szüleit? Hogyan kérdezze meg, hogy ne ijessze meg őt?

Mikor visszaért a laborba, Judyra és a rá vigyázó rendőrnőre az egyik laborban talált rá Eric és Brian társaságában. A rendőrnő a pszichológust váltotta fel a lány vigyázásában. Nagy vidámság fogadta, mikor belépett a helyiségbe.

– Nézd! Csupa maszat a kezem! Eric megmutatta, hogyan vesznek ujjlenyomatot. Látod? – és egy papírlapot mutatott a hadnagy felé, amelyen a kislány ujj- és tenyérlenyomata volt látható. A hadnagy ránézett Judyra, aki olyan ártatlanul pillantott vissza rá, hogy nem tudott haragudni rá. A munkatársain is látszott, hogy jól szórakoztak. Mosolyogva felelte: – Nagyon szép! De gyere, hagyjuk a fiúkat dolgozni, szeretnék még beszélgetni veled.

– Nos, fiúk. Úgy látszik, mennem kell. Leemelsz innen? – kérte Ericet, mert épp egy asztalon ült lelógó lábakkal.

– Persze, gyere, csöppség. – Miközben Eric leemelte Judyt az asztalról, a kislány egy puszit nyomott az arcára.

– Köszi – mondta mosolyogva Judy és indult kifelé, de Brian megszólalt:

– Én nem kapok puszit?

– Hajolj le, mert magasan vagy! – Brian leguggolt, mire Judy neki is adott egy puszit az arcára.

– Jó munkát, fiúk! – mondta mosolyogva Judy kifelé menet. – Majd jövök legközelebb is.

Smith hadnagy mosolyogva csukta be Judy után az ajtót. Nem találkozott még kisgyerekkel, aki ilyen szókimondó, és aki a megpróbáltatások ellenére is ilyen bájos tud maradni. Judy megfogta Smith hadnagy kezét.

– Sokáig elvoltál! Miről szeretnél még beszélni?

– Gyere, majd a szobában megbeszéljük.

Mikor megérkeztek abba a szobába, ahol először társalogtak, a hadnagy megint leült a kanapéra, Judy pedig mellé kuporodott.

– Szeretném, ha válaszolnál egy kérdésemre. Mikor bújtál el a bokorba, és láttál-e valamit onnan? Más embereket, autót vagy valamit?

Csend borult a szobára. A hadnagy látta, hogy Judy arca megváltozik. A mosoly eltűnik az arcáról, és ismét félelem ül ki rá. A hadnagy türelmesen várt a válaszra és finoman megfogta a kislány pöttöm kezét, akinek arcán egy könnycsepp gördült le. A hadnagy érezte, hogy Judy tud valamit, de fél elmondani. Maga sem tudta miért, de finoman az ölébe húzta őt, védelmezőn átkarolta, ahogy a szülők szokták a gyerekeiket magukhoz ölelni, ha meg akarják védeni őket valamitől.

– Nem kell félned! Itt vagyok és megvédelek. Itt nem bánthat téged senki.

Pár perc múlva Judy kibontakozott a hadnagy öleléséből, nagyot sóhajtott, letörölte a könnycseppet az arcáról és megszólalt:

– Apa egyszer csak lefékezett az úton, és hátrafordulva azt mondta, hogy most itt fogunk bújócskázni. Azt játsszuk, amit Hegyi Papánál játszottunk az utóbbi időkben. Én szót fogadtam, hátra sem nézve szaladtam és elbújtam egy bokorban. Aztán löveseket hallottam, vártam húsz percet és visszamentem a kocsihoz. – Judy elkezdett reszketni. A hadnagy érezte, hogy most következik az a pillanat, amikor megtudja, hogy mit látott a kislány. Bátorítóan megszorította a kezét.

Judy halkan, de hallhatóan folytatta: – Mikor odaértem az autóhoz, apa inge piros volt és annyit kiabált, hogy bújjak el még egy kicsit a bokorba, mert nincs vége a bújócskának. Senki mást nem láttam. – Judy könnyei eleredtek, csak sírt, csak sírt, miközben a hadnagy ismét magához húzta és szorosan átölelte. Most már tudta, hogy a kislány látta az apját vérben úszva, csak nem értette négy évesen, hogy ez mit jelent. Valami furcsa fájdalom hatolt át Smith hadnagy szívén, amit ismét nem értett. Sok ilyen bűnügyet látott már, de ennek a kislánynak az esete valamiért nagyon felkavarta. Judy addig sírt az ölében, míg álomba nem sírta magát. A hadnagy finoman a kanapéra tette a kislányt, majd egy takaróval betakarta.

– Szóljon, ha felébredt – mondta a rendőrnőnek, aki Judyra vigyázott addig is.

– Rendben – felelte a rendőrnő.

– Hadnagy úr!

– Igen?

– Az inge. Foltos lett.

Smith hadnagy megnézte az ingét és ott, ahova Judy az arcát tette, egy nagy folt éktelenkedett. A kislány annyira hozzábújt sírás közben, hogy a könnyei egy nagy foltot hagytak a hadnagy ingén.

– Kösz. Majd átöltözöm.

– Eric!

– Főnök! Hol a kislány? Édes pofa!

– Alszik, de most van fontosabb dolgunk is. Beszéltem a tanúvédelmisekkel. Egy gyilkosság szemtanúja volt a férfi hat évvel ezelőtt Ohióban. A kislány Miamiban született, és a tanúvédelmis fickó szerint a gyilkosok nem tudtak róla, vagy nem vesztegették az idejüket a gyerek megkeresésével. Judy elmondása szerint még a gyilkosság előtt elbújt a bokorban. A lövéseket hallotta, látta az apját véresen, és valami olyasmit is mondott, hogy többször gyakorolták ezt az apjával, hogy elbújik valahova, lövést hall, elszámol húszszor hatvanig és utána előjön. Talán az apa sejtett már valamit, mert a tanúvédelmis annyit mondott még, hogy át akarták költöztetni őket egy másik városba.

– És akkor most mi a következő lépés?

– Ki kell derítenünk, hogy tényleg úgy van-e, ahogy a tanúvédelmis mondta, vagy teljesen másról van szó. Mi van a keréknyomokkal?

– Annyit tudunk, hogy egy terepjáró volt, de mivel nincs kamera azokon a részeken, így nehéz lesz ez alapján elindulni. Talán a golyók, amik végeztek velük, többet mondanak. Ja, és találtunk cipőnyomokat is. Az viszont segíthet, mert a cipőtalpak speciális nyomott hagytak. Még keresem az adatbázisban.

Menet közben beszéltek, mert a hadnagy tudni szerette volna, hogy Claire talált-e valamit a szülők ruháján, és tudja-e már, milyen fegyver végzett a szülőkkel.

Claire szőke hajú, 30 éves, hajadon nő volt. Nő létére imádta a fegyvereket, ebben profi volt. Emelett persze segített minden más vizsgálatban is. Már végzett a ballisztikai vizsgálattal, most éppen a szülők ruháját nézték át Briannel, mikor a két férfi odaért hozzájuk.

– Találtatok valamit? – kérdezte a hadnagy tőlük.

– A golyók sima .45-ösök voltak. Még hangtompítót sem használt. Szerintem a gyilkos tudta, mit és mikor csináljon – válaszolta Claire.

– Előre eltervezett gyilkosságra gondolsz? Ez elképzelhető. A gyerek mesélt erre utaló jelekről. És a ruhákon találtatok valamit?

– Annyi, hogy sima lövések voltak. Egy-egy lövés mindkettőjükbe. Semmi más szennyeződés nincs egyelőre.

– Itt valami nem stimmel. Menjünk vissza az autóhoz! – fordult Smith hadnagy Erichez. – Ti meg menjetek vissza a helyszínre és keressetek tovább! Hozzatok földmintát, nézzétek meg az utat, a féknyomokat stb!

Smith hadnagy visszatért Erickel a garázsba az autóhoz. Ez egy speciális helyiség volt, ahová a balesetet szenvedett vagy gyanúba keveredett autókat szállították, hogy tüzetesebben megvizsgálhassák az járműveket kívül-belül.

A hadnagy is kesztyűt húzott, és egy lámpát vett a kezébe. Elkezdte végigpásztázni az autót kívülről, Eric pedig belül kezdte átvizsgálni az autót.

Pár perc múlva a hadnagy megszólalt: – Eric, hozd ide a táskádat!

A táska a helyszínelők készelétben tartott speciális táskája volt, amiben a helyszíneken talált bizonyítékok összegyűjtését szolgáló tasakok, steril kesztyűk, ujjlenyomatok kereséséhez porok, meg egyéb speciális eszközök voltak.

– Itt találtam valamit – mutatott a hadnagy az autó jobb hátsó lámpájára, ahová valamilyen más színű festék ragadt. Eric óvatosan lekaparta a festéket az üvegről és egy tasakba helyezte. Tovább vizsgálták az autót, és észrevették az addig nem látható horpadást nem messze a jobb hátsó lámpától.

– Itt meglökték az autót. Ha összevetjük a színt és az autó keréknyomát, akkor ki tudjuk szűrni a típusát. Nézd, itt valami belehorpadt a lökhárítóba! Mintha egy rendszám része lenne.

A két férfi óvatosan leszerelte a lökhárítót.

– Felviszem és megvizsgálom ezeket – mondta Eric, miután óvatosan becsomagolt mindent.

A hadnagy még vizsgálódott az autó belsejében, de nem talált semmi mást. Annyit ő is megállapított, hogy a gyilkos gyors és tiszta munkát végzett. Tudta, mit csinál. Majd mikor a hátsó ülésre nézett, eszébe jutott a gyerek. Ismét furcsa érzés fogta el a kislánnyal kapcsolatban. Úgy döntött, hogy ránéz a kislányra, míg a munkatársai visszatérnek.

– Hadnagy úr! De jó, hogy megtaláltam! Baj van! A kislány eltűnt! Csak egy percre mentem ki, míg aludt, de mire visszaértem, már nem volt a szobában – hadarta idegesen a rendőrnő, akinek Judyra kellett vigyáznia. – Kerestem mindenhol, de nem találom. Nagyon sajnálom!

Ekkor megszólalt Smith hadnagy telefonja.

– Tessék!

Irina volt a hullaházból.

– Nem keresel egy kislányt?

– De igen.

– Itt van lent, és az anyukájának énekel. Kimentem pár percre, és mire visszajöttem, már itt volt.

– Megyek azonnal le! A hullaházban van – mondta a hadnagy a rendőrnőnek, miközben sietve távozott. Nem tudta elképzelni, hogyan találhatott oda a gyerek, mert a hullaház az alagsorban volt.

Mikor leért, a kislány akkor fejezte be az Éjfél című dalt a vizsgálóasztal szélén ülve.

– Nagyon szép hangod van – mondta a hadnagy.

Judy ijedten nézett a férfira. Könnyes szemmel, vádlón mondta:

– Azt mondtad, hogy csak megvizsgálják anyát és apát. De anya nem mozdul, hiába ébresztgetem. Hideg a teste is. Meghalt, igaz?

A hadnagy nem tudott mit felelni erre. Judy hirtelen leugrott az asztalról, odafutott a férfihoz, dühösen, teljes erejéből rálépett a lábára, majd futásnak eredt. A hadnagy a fájdalmon kívül mást is érzett. Odanyúlt, ahol a fegyvert tartotta és meglepetten vette észre, hogy nincs a tokban a fegyvere.

Irina észrevette a hadnagy tétovázását.

– A kislánynál van a fegyvered. A kezében láttam. Nem mertem megállítani.

– Helyesen tetted – mondta a hadnagy, miközben futásnak eredt.

Futás közben tárcsázta a kollégáját.

– Eric! A gyerek elvitte a fegyveremet. Próbáljátok megállítani, de ne ijesszétek meg!

Mire a vészlépcsőn felért a labor szintjére, Judy már a labor folyosóján állt, majdnem középen, előtte pedig pisztollyal a kezükben rendőrök álltak lövésre készen. A hadnagy intett a kezével, hogy csak akkor lőjenek, ha nagyon muszáj. Megközelítette Judyt, amennyire még biztonságosnak érezte a távolságot.

– Judy! – szólt halkan a hadnagy.

Judy zihálva, ijedten, sírástól eltorzult arccal fordult a hadnagy felé, aki lassan fél térdre ereszkedett, félig a padlóra, félig a kislányra nézve. Feszült csend állt be. Mindenki lélegzet-visszafojtva nézte a két embert.

– Judy! Kérlek, add ide a fegyvert! – kérte még mindig halkan a hadnagy. Nem akarta megijeszteni a gyereket, de nem tudta, mi lesz ebből. Zsaruszeme észrevette, hogy a kislány úgy tartja a fegyvert a kezében, mint akinek nem először van a kezében ilyesmi.

Judy csak állt mozdulatlanul, jobb kezében a fegyver, a padló felé irányítva. Vágni lehetett a feszültséget a folyosón. A hadnagy türelmesen várt. Bízott benne, hogy senkinek sem esik ma bántódása. Minden idegszálával koncentrált, cselekvésre készen várta, mit tesz a kislány. Majd egyszer csak Judy lassú léptekkel elindult a hadnagy felé, aki jelezte a fegyvereseknek, hogy várjanak. Lassan teltek a percek, pedig csak három méterre voltak egymástól. Judy lassú léptekkel haladt, továbbra is jobb kezében lógatva a pisztolyt. Apjától megtanulta, hogyan kell fegyverrel a kézben lopakodni, ha vadat szeretne elejteni. De ma nem ez volt a szándéka. Maga sem tudta, miért lopta el a férfi pisztolyát, nem akart senkit sem bántani.

Miközben lépkedett, folyamatosan a hadnagyot nézte, aki állta a tekintetét, szavak nélkül biztatva őt, hogy haladjon így tovább.

Mikor odaért a férfihoz, finoman megemelte a hadnagy jobb kezét, tenyérrel felfelé megtámasztotta alulról, és finoman belehelyezte a fegyvert, majd még finomabban összezárta a férfi ujjait. Még mindig csend ült a folyosóra. Mindenki feszülten figyelt továbbra is. Egymásra néztek, Judy és Smith hadnagy. A hadnagy arcán hálás mosoly jelent meg. Judy kisírt szemei lecsukódtak, majd elájult. A hadnagy utánanyúlt és elkapta, mielőtt a fejét beverte volna a földbe. Hatalmas, megkönnyebbült sóhajok hallatszódtak mindenfelől a folyosón.

A hadnagy két karjába vette a kislányt és kíváncsi tekintetek között bevitte abba a szobába, ahol legelőször beszélgettek. Finoman a kanapéra fektette. Közben Irina is megérkezett, hogy megvizsgálja a gyereket.

– Szerencsére nincs semmi gond. Valószínűleg most érte el a szülei halála miatt érzett sokk. Ha felébred, akkor megvizsgálom megint.

– Köszönöm.

– Igazán nincs mit.

Mìg Irina elment, a férfi Judy mellé ült a kanapéra. Nézte, ahogy szuszog. Megint érezte azt a furcsa érzést a szívében. Vajon mi játszódhatott le a kislányban ebben a pár órában? Szeretett volna most belelátni a fejébe. Úgy döntött, hogy ül mellette egy darabig, aztán elmegy, ha a kislány sokáig nem ébred fel.

Kb. félóra telhetett el, mikor a kislány elkezdett mocorogni. Mikor kinyitotta a szemét, egy mosolygós arcot látott. Már ismerős volt neki ez az arc.

– Szia! – mondta a hadnagy.

– Szia! – válaszolt Judy

– Jól érzed magad?

Judy csak bólogatott, hogy igen. Közben felült a kanapén, magához húzta mindkét lábát, kis karjával átkarolta őket, állát a térdeire tette.

– Nem haragszol rám? – kérdezte hirtelen Judy.

– Nem – felelte mosolyogva a hadnagy.

– De azért megijedtél, ugye?

– Egy kicsit igen. Nem mindennap fog rám fegyvert egy négy éves gyerek úgy, hogy én fegyvertelen vagyok.

– Nem akartalak bántani – horgasztotta le a fejét Judy –, csak nagyon megijedtem, mikor anyát halottnak láttam. Fáj még a lábad?

– Nem vészes. Hamar meggyógyul. Volt már fegyver a kezedben, igaz?

Judy csak bólintott.

– Tudsz lőni is? – Judy megint csak bólintott.

– Ki tanított meg lőni?

– Hegyi Papa és apa. Majdnem minden hétvégén kimentünk Hegyi Papához az erdőbe, és ott konzervdobozokra lövöldöztünk. Először egyszer sem találtam el a dobozokat, de aztán legyőztem apát is. Hegyi Papát nehéz legyőzni. Ő profi lövész volt. Anya nem igazán örült ennek, de Hegyi Papa mindig azt mondta, hogy ha már nem fiú lettem, attól még meg kell tanulnom bizonyos fiús dolgokat. Amit ő tud, azt szeretné megtanítani nekem, mert a tudását nem szeretné a sírba vinni. – Smith hadnagy mosolyogva hallgatta a kislány szavait. Őszinte és szókimondó volt.

– És mit tanított még ez a bizonyos Hegyi Papa?

– De kíváncsi vagy!

– Zsaruból vagyok.

– Azt látom – mosolyodott el a kislány is hosszú idő után. – Nos, Papa sok mindent tanított még. Hogy hogyan kell nyársat faragni, hogyan kell a csörgőkígyót kikerülni, milyen fajta madarak vannak, meg ilyeneket. Mi lesz velem most? – komorodott el hirtelen Judy arca. – Ki fog most velem lakni?

– Vissza kell menned arra a helyre, ahol tegnap este aludtál – válaszolt komoly arccal a hadnagy. Sajnálta a kislányt, tudta, hogy az árvaházban sok gyerek van, és ha ki is kerül nevelőszülőkhöz, nem biztos, hogy az jó lesz a kislánynak. Sokat hallott arról, hogy egyes nevelőszülők hogyan bánnak a gyerekekkel, és hogy csakis a pénz miatt veszik magukhoz a kicsiket. Ez ellen azonban ő nem tudott tenni. Bízott benne, hogy ennek a kicsi lánynak szerencséje lesz. Megfogadta, hogy ha teheti, segít neki jó nevelőszülőkhöz kerülni.

Ahogy beszélgettek, eltelt az idő, és egy hölgy kopogtatott be a szoba üvegajtaján.

– Hadnagy úr! Indulnunk kell.

– Nekem kell indulnom?

– Igen.

– Nem maradhatok még egy kicsit? – Judy hirtelen félni kezdett az ismeretlentől. Járt ugyan óvodába, de az ottani gyerekek már a barátai voltak. Az árvaházban nem ismert senkit. Közelebb bújt a férfihoz, hátha mégsem kell elmennie innen.

Biztonságban érezte magát a hadnagy mellett, jó volt vele beszélgetni. A hadnagy megérezte ezt.

– Gyere! Kikisérlek! – nézett rá bátorítón a kislányra, majd megfogta pöttöm kezét. Ahogy a tenyerük összeért, megint az a furcsa érzés járta át a szívét, csak most olyan volt, mintha villám csapott volna a testébe.

Ahogy mentek a folyosón, kíváncsi tekintetek követték őket: a hadnagy és a pöttöm lány. Sokan elmosolyodtak: mintha egy óriás fogná egy törpe kezét.

Mikor kiértek az épület elé, a Nap már lemenőben volt. Hosszú volt ez a nap, Judy mégis egyre jobban szorította a hadnagy kezét. Sehogy sem akart elmenni innen. A hadnagy munkatársai is kikísérték Judyt. Nem beszélgettek vele sokat, de nagyon megkedvelték ezt a pici lány ez alatt a kis idő alatt. A hadnagy egy autóhoz kísérte Judyt, aki legszívesebben elfutott volna jó messzire, mint hogy beszálljon abba az autóba. Segélykérően ránézett a hadnagyra, hátha mégsem kell elmennie innen. A hadnagy féltérdre ereszkedett.

– Nem akarok elmenni – mondta Judy, miközben könnyek csorogtak a szeméből. Szorosan átkarolta a hadnagy nyakát, hogy nyomatékot adjon szándékának.

A férfi is küzdött a könnyeivel. Nem szokott ilyen érzelgős lenni, a szakmája nem engedte meg, de ez a pici lány olyan érzéseket ébresztett fel benne, hogy legszívesebben hazavitte volna magával.

– Figyelj rám – szólt a hadnagy, miközben lefejtette a nyakáról a kislány kezét –, ha most beszállsz abba az autóba, akkor megígérem neked, hogy amikor csak tehetem, meglátogatlak. Rendben?

– Ühüm – válaszolt Judy könnyes szemekkel. – Akár mindennap?

– Ha tehetem, akkor igen.

– Rendben – bólogatott Judy. Látta a hadnagy szemében csillogó könnyeket, ebből tudta, hogy a férfi őszintén beszél. Mielőtt beszállt volna az autóba, adott még egy puszit a férfi arcára, aki kérdőn nézett rá.

– Ezt azért kaptad, hogy ne felejtsd el betartani az ígéretedet, és elgyere a másik pusziért.

A hadnagy mosolyogva belenézett a kislány szemébe, aki még könnyeivel küzdve szállt be az autóba. Hosszan nézett a távozó autó után. Munkatársai, akik eddig szintén megrendülve figyelték az eseményeket, közelebb mentek a férfihoz.

– Mi lesz most vele? – kérdezte Claire.

– Nem tudom. Megpróbálok segíteni neki jó nevelőszülőket találni neki. Nem érdemli meg, hogy árvaházban nőjön fel, vagy valami barbár nevelőszülőnél.

– Szólj, ha kell a segítségünk – mondták szinte egyszerre a munkatársai. Ők is látták és érezték, hogy főnökük és a kicsi lány között valami barátság szövődött ez alatt a kis idő alatt. Mindannyian legalább hat éve dolgoztak együtt főnökükkel és a csapattal, ismerték egymást, tudtak egymásról dolgokat, titkokat, de a hadnagyot nem látták még így, hogy ilyen érzéseket tápláljon egy gyermek iránt.

2.

Judy az árvaházban

A hadnagy ígéretéhez híven másnap este meglátogatta a kislányt az árvaházban. Magának sem ismerte be igazán, hogy az érzés, amit egész nap érzett, az a kislány hiánya. Ma nem volt különleges esete, csak egy szokványos gyilkosság, így néha-néha elkalandoztak gondolatai a tegnapi események felé. Azon kapta magát napközben, hogy azon a kanapén ül, ahol tegnap a kislánynyal beszélgetett, s mindeközben valami furcsa hiányérzete volt. Nem volt még nős, barátnője sem volt a munkája miatt, így nem ismerte azt az érzést eddig, amit egy saját gyerek hiánya okoz.

Amikor megérkezett az épülethez, dobogó szívvel nyomta meg a csengőt. Az a hölgy nyitotta ki az ajtót, aki nagyon jól ismerte a hadnagyot. Sok gyerekkel kapcsolatban találkoztak már, mégis meglepte a hölgyet, hogy itt látja a hadnagyot.

– Jó napot, hadnagy úr! Mi járatban erre?

– Jó napot, Evelyn! Judy Petersonhoz jöttem.

– Ismerőse talán? – Evelyn nem volt tegnap szolgálatban, így nem tudott semmit.

– Nem, de megígértem neki, hogy néha meglátogatom.

– Jöjjön be!

Miközben mentek befelé, Evelyn mesélt:

– Judy nagyon aranyos és szófogadó. Nagyon sokat segített egész nap. Például ma reggel és délben is segített teríteni, felszolgálni, segített megetetni a nála kisebbeket. Nem találkoztam még ilyen kisgyerekkel. Miért került ide?

– Tegnap előtt este meggyilkolták a szüleit.

– Úristen! Szegény kislány. – Megálltak egy kis helyiségben. – Várjon itt, szólok neki.

Pár perc múlva megjelent a hölgy Judyval, aki ahogy meglátta a hadnagyot, széles mosollyal az arcán futott felé. A hadnagy ösztönösen leguggolt, így mikor a kislány odaért hozzá, szorosan át tudták ölelni egymást.

– Kimehetünk az udvarra beszélgetni? – kérdezte Judy a hölgyet.

– Persze. Félóra múlva lesz vacsora, addig beszélgethettek.

Judynak nem kellett kétszer mondani: megfogta a férfi kezét és kisietett vele az udvarra. Egy fa alatt lévő padhoz húzta. Szorosan a hadnagy mellé ült le, aki így át tudta karolni pöttöm derekánál. Nagyon jó érzés volt a férfihoz bújni. Ilyenkor megszűnt a világ körülötte, legalábbis így érzékelte.

– Jól aludtál?

– Mondjuk. Fáj még a lábad?

– Nem. Hallottam, hogy ügyesen segédkeztél az étkezéseknél.

– Anya tanított rá. Mindig azt mondta, hogy a kisebbeknek segíteni kell. Hozzád képest én is kicsi vagyok! Te is mindig segítesz a kisebbeknek, nem?

– De igen – felelte mosolyogva a hadnagy. Tetszett neki a kislány őszintesége.

Egész nap azon járt az agya, hogyan segíthetne ezen a pici lányon. Járt az óvodában, ahova a gyerek járt, személyesen hallgatta ki a szomszédokat, az ismerősöket, még a szülők munkahelyén is voltak, de senki sem mondott rosszat sem a gyerekről, sem a szüleiről. Mindenki tisztességes, jószívű, barátságos embereknek ismerte őket.

Arra a következtetésre jutottak a kollégáival, hogy csakis tanúvédelmi pozíciójuk miatt halhattak meg a szülők, de a gyilkos semmi normális nyomot nem hagyott. Nem szokott zsákutcába futni egy-egy nyomozás során, de ebben az ügyben most tanácstalan volt.

– Kérdezhetek valamit? Amikor anyukáddal vagy apukáddal mentetek oviba vagy vásárolni, nem láttál olyan embereket, akik figyeltek titeket? Vagy nem hívott titeket telefonon senki, ami megijesztette anyukádat vagy apukádat?

– De igen. De ezt miből gondolod? Anyuékat bántotta valaki, és azért haltak meg? Azért hallottam a lövéseket? Azért volt apa inge piros? – záporoztak a kérdések a hadnagy felé, miközben Judy kibontakozott az öleléséből. A hadnagy látta a gyerek szemén a félelmet.

– Mit akarsz ezzel mondani? – kérdezte Judy könnyes szemekkel, miközben ijedten kapkodta a levegőt. Felállt a padról, és hátrálni kezdett a hadnagytól. Smith hadnagy érezte, hogy olyan dologra tapintott rá, amire eddig nem mert rákérdezni, pont attól félve, hogy a gyerek esetleg hisztérikus állapotba kerül. A sejtése beigazolódott. Judy látott, hallott dolgokat, amire nem akart emlékezni, viszont ő adhatja kezükbe a kulcsot a gyilkosság megoldásához. Látta a gyereken eluralkodó félelmet, mégis meg kellett kockáztatnia egy utolsó kérdést, még akkor is, ha a gyerek megutálja ezért.

– Le tudnád írni azt a nénit vagy bácsit, akit láttál?

Judy bólogatott ugyan, de az agya nem volt képes másra gondolni, csak arra, hogy apa inge véres, és anya teste hideg. Csak állt a fa tövében és záporoztak a könnyei. A szíve megtelt gyűlölettel a férfi iránt. Nem értette, hogy a kedves hadnagy most miért bántja meg, miért kérdez tőle olyan dolgokat, amelyekre nem akar emlékezni, mert amik vele és a szüleivel történtek, azok csak félelemmel töltötték el a szívét. Miért akarja tudni, hogy ő mitől félt? Anya mindig azt mondta, hogy ha fél, akkor próbáljon szép dolgokra gondolni. Ez most nem ment, bármennyire erőlködött.

A hadnagy látta a kislányon eluralkodó pánikot. Finoman közelített hozzá, de a kislány csak hátrált tőle mindaddig, míg neki nem ütközött a fának. A férfi látta, mennyire reszket ez a pici lány, ebből rájött: sikerült rátapintania az igazságra. Nem tudott megszólalni a hadnagy sem, bánta már a kérdést, de nem tudta visszacsinálni. Csak annyit tudott tenni, hogy megpróbálta megnyugtatni a gyereket.

– Kérlek, ne haragudj rám – kérte bűnbánó arccal a férfi és megpróbálta magához húzni a kislányt, hogy átölelhesse és megnyugtathassa. Judy először ellökte magától, de aztán észrevette a hadnagy arcára kiülő bánatot, és a szemeiben megcsillanó könnycseppeket. Közelebb lépett a hadnagyhoz, és most már csak szipogva átölelte. – Kérlek, ne haragudj rám – ismételte meg a rendőrtiszt –, nem akartam bánatot okozni neked.

– Nincs semmi baj – mondta Judy, miközben a férfi vállára hajtotta a fejét.

Pár percig így maradtak, majd Judy kibontakozott a hadnagy öleléséből és komolyan ránézett:

– Mit szeretnél tudni? – A hadnagyot megdöbbentette a kérdés, ami úgy hangzott, mintha éppen egy tanút hallgatna ki. A kislány arca eltökélt lett, és visszaült a padra. Nyoma sem volt az előbbi ijedt lánynak. Várta a kérdést.

A hadnagy tétovázott egy kicsit. Nem akarta megint felzaklatni a kislányt, de talán itt az alkalom, hogy többet megtudjon tőle, bármi is lesz ezután.

– Emlékszel valakire, aki zaklatta anyukádat vagy apukádat akár telefonon, akár az utcán, vagy láttad-e őket egy-egy beszélgetés után idegesnek?

Judy tökéletesen megfontoltan és tisztán kezdett mesélni, miközben a távolba meredt. A hadnagy is ezt tette, közben figyelte a kislány szavait.

– Igen. Apa és anya leültek velem beszélgetni kb. egy hónappal ezelőtt. Kérték, hogy nagyon figyeljek oda minden szavukra, mert fontos dolgot kell megértenem. Elmesélték, hogy ők nem itt születtek, de mindig szerettek volna Miamiban élni, így ideköltöztek. Mindketten szerették a napsütést, legalábbis ezt mondták. Mikor megkérdeztem tőlük, hogy melyik városból jöttek, azt mondták, az nem fontos. Ennyit mondtak csak. Amikor megkérdeztem tőlük, hogy mindig azt dolgozták-e, amit most, azt mondták, igen, csak itt Miamiban sokkal többet keresnek, és itt mindig süt a nap. Meg itt szebb házuk van, meg ilyenek. Szerintem nem mondtak igazat, mert egyszer hallottam, hogy beszélgetnek, és mivel nem tudtam elaludni aznap este, így kilopóztam a szobámból és hallgattam őket egy darabig. Annyit hallottam mielőtt észrevettek, hogy apa azt mondta anyának, el kellene mondaniuk nekem valamit. Anya hevesen tiltakozott, hogy nem fog engem megijeszteni. Aztán mikor leültek velem beszélgetni, akkor annyit árultak el, hogy itt Miamiban nem úgy alakultak a munkáik, ahogyan szerették volna, így hamarosan elköltözünk egy másik városba. Aztán láttam, hogy többször beszélgetnek egy bácsival, aki mindig öltönyben volt és fekete autóval járt. Ilyenkor mindig fel kellett mennem a szobámba. Soha nem szólították a férfit a nevén, így abban nem tudok segíteni. A másik dolog, hogy amikor elmentünk vásárolni, akkor mindig siettünk, mindig sok ember között voltunk, amit én nagyon nem szerettem. De mindig csak azt a fekete autót láttam, és mindig az a bácsi követett minket.

– Talán éppen az volt a dolga, hogy vigyázzon rátok.

– Nem tudom, de anya nagyon félt az utóbbi időben, és még a szomszédba sem mehettem át egyedül játszani.

Evelyn, aki beengedte a hadnagyot, közeledett feléjük.

– Elnézést, hogy meg kell szakítanom a beszélgetést, de vacsoraidő van. Judy, menj kezet mosni.

– Szia! – köszönt el Judy egyszerűen a hadnagytól, és már indult is be a házba.

Mikor a kislány elég messze került tőlük, Evelyn megkérdezte a hadnagytól:

– Mi történt? Judy elég szomorúnak tűnt, pedig várta magát.

– A szüleiről beszélgettünk, és felkavarta őt a dolog.

– Majd megpróbálom elterelni a figyelmét este.

– Köszönöm. Jó éjszakát!

– Jó éjszakát, hadnagy úr!

Judy egész este szomorú volt. Nem is volt étvágya, csak turkált az ételben. A kisebbek várták, hogy segítsen nekik, de nem volt ahhoz sem kedve. Inkább befeküdt az ágyába ruhástól, mert még ahhoz is túl szomorúnak érezte magát, hogy megfürödjön. A dadusok nem értették a viselkedését, míg Evelyn el nem mesélte nekik, mi történt. Azonban a nő többet látott, mint amennyit a hadnagynak elárult. Ő is árva gyerekként nőtt fel, így ismerte az érzést, mikor egyedül maradsz a világban ilyen fiatalon.

Judy nem tudott aludni. Forgolódott az ágyban, egyre csak a hadnagy és a délutáni beszélgetésük járt a fejében. Legszívesebben megszökött volna, hogy még elmondhassa mindazt a hadnagynak, ami a szívét nyomta, de nem tudta, hol van most a férfi.

Csendben felkelt az ágyból amikor már mindenki aludt, kilopózott a folyosóra, és leült egy ablakpárkányára, ahonnan látni lehetett a kertet. Csak nézett kifelé bánatosan, mikor lépteket hallott. Gyorsan közeledett valaki, így nem volt ideje elbújni. Evelyn volt az, a délutáni-éjszakás dadus.

– Mit keresel itt? Miért nem alszol?

– Nem tudok aludni.

– A délután miatt?

– Igen.

– Figyelj rám! Én is elvesztettem ötévesen a szüleimet, és árvaházban nevelkedtem. Féltem, mikor bekerültem az árvaházba, sokáig nem voltak barátaim. Te szerencsés vagy, a hadnagy úr nagyon rendes ember.

– Mégis lelkiismeret-furdalásom van, mert megbántottam őt délután.

– Nem bántottad meg őt.

– Ezt honnan tudod?

– Ismerem már jó pár éve és tudom, hogy segíteni szeretne neked, ha hagyod.

– De a ma délután után már biztos nem jön vissza, mert szomorúan ment el.

– Ezt honnan veszed?

– Láttam a szobánk ablakából, mikor a kocsijához ment. Szomorúnak tűnt.

– Nem volt szomorú. Azon gondolkozott, amit mondtál neki. Meg ő ilyen. Szomorúnak látod, mégsem az, csak ő így gondolkodik. De most már sipirc vissza az ágyba!

– Jó éjszakát! – köszönt el Judy Evelyntől. Kezdte megérteni a dolgokat, így mire visszaért a szobába, már elég álmos volt. Reggelig fel sem ébredt.

Mikor a hadnagy kilépett az árvaház épületéből, úgy érezte, majd' szétesik a feje. Olyan dolgokat hallott a gyerektől, amik újabb kérdéseket vetettek fel a nyomozást illetően. Volt egy rossz sejtése, de bizonyítékokat kellett szereznie. Beszállt az autójába, felhívta Ericet, majd kérte, hogy riasszon mindenkit és találkozzanak a laborban.

Mikor megérkezett a laborba, már mindenki ott volt. Kíváncsian várták a főnököket. Mikor megérkezett, látták az arcán, hogy valami történt.

– Köszönöm, hogy bejöttetek. Ma bent voltam az árvaházban és beszéltem a kislánnyal. Elmondott egy-két dolgot, és ami furcsa volt, hogy folyamatosan egy öltönyös férfit emlegetett, aki fekete autóval jár. Eric, milyen színű festéket találtál a lökhárítón?

– Feketét. Olyasmi árnyalatút, amivel az FBI-os kocsik vannak lefestve.

– Arra gondolsz, hogy esetleg beépült valaki az FBI-ba? – kérdezte Claire.

– Igen. Erre gondoltam, de ezt be kell bizonyítanunk. Tudjátok, ők az FBI, mégis ott kellene kutakodnunk.

– Felhívom a barátomat, úgyis jön nekem egy randival – mondta Claire, mire mindenki kajánul elmosolyodott –, nyugi már, nem az esetem!

– Munkára! Nézzetek utána egy bizonyos John Foginskynak! Vele beszéltem valamelyik nap személyesen. Kezdjük vele. Vizsgáljátok át megint a bizonyítékokat!

Egy óra múlva Eric és Claire is hírekkel jött.

– Az autó festéke és keréknyoma megegyezik az FBI által használt autókéval.

– Az emberünk 175 cm magas lehetett, ezt most is megerősítem.

– Én nemsokára találkozom a fickóval. Szeretném, ha velem jönnétek és hallgatóznátok. És Claire! Jól jönne egy fényképezőgép!

– Igenis, főnök!

A hadnagy ugyanott találkozott a tanúvédelmis férfival, ahol a múltkor. Kicsit bokros volt a vidék, így Eric és Claire hallótávolságon belül el tudtak rejtőzni.

– Jó estét! Lenne egy kérdésem – kezdte Smith hadnagy. – Hol járt ön mostanában?

– Nem értem a kérdést – válaszolt a férfi kicsit idegesen.

– Megnézhetem az autóját?

– Csak ha hoz bírói végzést.

– Rendben. Holnapra meglesz. – A hadnagy beszéd közben úgy állt, hogy Claire fotókat tudjon csinálni a férfiról és az autóról.

Az ügynök beült az autójába és elhajtott. De a cipője nyoma ott maradt.

Mikor visszatértek a laborba, Claire gyorsan előhívta a fényképeket. Egyértelműen látszott az autó első lökhárítóján a horpadás, és a férfi magassága is megegyezett az általuk becsült magassággal, ráadásul a cipőnyomból vett gipszminta is egyezett a gyilkosság helyszínén találttal. Már csak bírói végzést kell valahogy szerezni, ami nem lesz egyszerű, mivel FBI-ügynökről volt szó, a bizonyítékok meg közvetettek, a bíróságon nem felhasználhatók. Gyorsan ki kellett találni valamit.

A fényképpel a kezükben Smith hadnagy és Eric felkeresték a szomszédokat. Bíztak benne, hogy a fotó alapján valaki ráismer a férfira, így lesz valami konkrét bizonyíték a kezükben. Szerencséjükre az egyik szomszéd többször látta a fényképen látható férfit Judyék házánál, és nemrég látta a szülőket és a férfit veszekedni. Ez már kellő bizonyíték volt, hogy a bírótól engedélyt kérjenek a férfi autóját átkutatni. A bíró másnap megadta az engedélyt, így a bizonyítékok hivatalossá váltak, ami alapján bevihették az ügynököt kihallgatni.

– Milyen kapcsolatban állt Mr. és Mrs Petersonnal? – kérdezte Smith hadnagy az ügynöktől.

– Támogattam őket. Az volt a dolgom, hogy segítsek beilleszkedni nekik, de azt állították, hogy az utóbbi időben figyeli őket valaki.

– Talált valami nyomot, ami erre utalt?

– Nem. Szerintem képzelődtek.

– Úgy gondolja, hogy alaptalan volt, amit állítottak?

– Igen.

– Akkor mivel magyarázza azt, hogy a szomszédok látták önöket veszekedni párszor?

– Azok csak félreértések voltak. Az anya túlzottan aggódott.

– És mivel magyarázza, hogy az ön autójának első lökhárítóján talált festéknyom és horpadás megegyezik a másik autón talált festékkel és horpadással? Ráadásul a horpadásban lévő nyomban megtaláltuk az ön rendszámának egy részletét – tette a férfi elé Eric az erről készült fényképeket.

Az ügynök érezte, hogy csapdába került. Figyelmetlen volt, és ennek most meglesz az ára.

– Mennyit kapott ezért? – kérdezte Smith hadnagy

– 100 000 dollárt.

– Megérte?

– Kellett a pénz! Az asszony beadta a válókeresetet, mert sokat dolgozom, és sokat követel.

– Ezek után nem lesz gondja ezzel. Vigyék el!

Eric és a hadnagy is kiment a szobából. A többiek kint várták őket.

– Szép munka volt! Köszönöm mindenkinek! – mondta a hadnagy.

Smith hadnagy harmadnap meglátogatta Judyt. Remélte, hogy a kislány szóba áll vele. Mikor az árvaházhoz ért, a kislány éppen a vacsorához segített teríteni, így az ebédlőben találkoztak. Judy nem várta a hadnagyot – a múltkori beszélgetés után nem remélte, hogy találkoznak még valaha, így igen meglepődött, mikor a rendőrtiszt belépett az ebédlő ajtaján. Majdnem kiejtette a tányérokat a kezéből.

– Szia! – köszönt a hadnagy

– Szi...a! – köszönt vissza Judy meglepetten

– Hoztam neked valamit – és az addig hátul lévő jobb kezét előrenyújtva egy kis cserepes virágot nyújtott Judy felé. – Szeretném, ha megbocsátanál nekem a múltkori eset miatt. De tudnod kell, hogy sokat segítettél, mert elkaptuk azt a fickót, aki bántotta a szüleidet.

– Köszönöm – mondta Judy. Elvette a virágot és rámosolygott a hadnagyra. – Én azt hittem, hogy haragszol rám, és hogy nem jössz el többet.

A hadnagy ránézett a kislányra. A tekintetük találkozott.

– Egy ilyen okos és kedves lányra, mint te, nem lehet haragudni – mondta mosolyogva a hadnagy.

– Nagyon hiányoztál! – mondta Judy, miközben megölelte a férfit.

– Te is nekem, kicsi csöpség. Ha megengeded, segítek teríteni. Látom, még sok van még hátra.

Ketten tényleg gyorsabban haladtak. Judy megmutatta, hogyan kell megteríteni. Munka közben még beszélgetni is tudtak. Mindenről beszéltek, ami eszükbe jutott: időjárásról, tengerről, erdőkről, állatokról, még arról is, ki mit szeret enni. Judyn látszott a boldogság, és ettől a hadnagy megnyugodott. Idefele jövet csak abban bízott, hogy a kislány hajlandó lesz szóba állni vele. Azt, hogy sugározni fog a boldogságtól, nem remélte.

Sajnos a hadnagy nem maradhatott vacsorára, pedig Judy szeretett volna még beszélni vele. Nehéz szívvel elköszöntek egymástól.

A férfi kifelé menet még felkereste az intézet vezetőjét.

– Jó estét! Válthatnék önnel pár szót? – kérdezte a hadnagy, belépve a szobába.

– Jó estét! Természetesen – válaszolta Ms. Breslav, az intézet vezetője, miközben hellyel kínálta a hadnagyot. – Miben segíthetek?

– Judy Petersonról lenne szó. Szeretném őt párszor elvinni egy-egy délutánra hétvégenként, ha van erre lehetőség. A munkám miatt sajnos esélyem sincs őt örökbe fogadni.

– Ez egy furcsa és különleges kérés, de átgondolom. Nem ismerem még annyira a kislányt, de elbeszélgetek vele meg a dadusokkal valamelyik nap, és értesítem önt.

– Köszönöm. Még valami… ha véletlenül történne valami baj a kislánnyal, megtenné, hogy értesít engem?

– Természtesen megteszem.

– Köszönöm. A viszontlátásra – állt fel a hadnagy és kiment a szobából.

Mielőtt elindult volna kifelé az épületből, visszaosont az ebédlőhöz, hogy még egyszer láthassa Judyt, aki szorgosan segédkezett és közben mosolygott. A hadnagy nyugodt szívvel távozott. Látta, hogy a kislány jól érzi magát itt egyelőre.

Eltelt két hét. Judy jól beilleszkedett az árvaházi közösségbe – legalábbis a látszat ez volt –, a hadnagy pedig rendszeresen meglátogatta őt. Nagyon jó barátság alakult ki köztük, még a férfi is meglepődött, mennyi mindenről lehet beszélgetni ezzel a kicsi lánnyal, milyen okos, és milyen sok dolgot képes megjegyezni.

Egyik nap, mikor meglátogatta, az intézmény vezetője magához hívatta.

– Jó napot! Kérem, foglaljon helyet! Elnézést, hogy sokáig tartott átgondolni a kérését, de mint ahogyan akkor is mondtam, nem mindennapi a kívánsága. Beszélgettem Judyval, figyeltem a reakcióit, mikor ön meglátogatta és beszéltem a dadusokkal. A lényeg, hogy engedélyezem a kérését mindaddig, míg úgy látom, hogy a kislányt nem viseli meg ez a fajta változás.

– Köszönöm. Igyekszem mindent megtenni annak érdekében, hogy ne sérüljön a lelke. Ismerem már őt, ezért merészeltem ezt a dolgot kérni öntől. Akár már most hétvégén elvihetném? Szombaton szabadnapos leszek.

– Rendben, de javasolnék először csak egy délutánt. Mondjuk délután egyre jöjjön érte, és este hatra, vacsoraidőre hozza vissza. Majd én ezt megbeszélem Judyval.

– Rendben. Köszönöm.

A hadnagy dobogó szívvel hagyta el az épületet. Remélte, hogy nem hozott rossz döntést, mikor megkérte az intézmény vezetőjét, hogy engedje el vele Judyt. Igazából nem is tudta, mit fog kezdeni a gyerekkel, csak azt érezte, hogy nagyon szeretne a kislánnyal az árvaházon kívül is találkozni, és nem zsaruként.

Sosem vigyázott gyerekre, de majd megkérdezi Irinát, hogy hova lehet vinni egy ilyen kisgyereket. Persze tudta, hogy vannak játszóházak, vagy hogy a gyerekes családok a parkba mennek hétvégenként. De más az, ha ő kimegy a parkba egy-egy nehéz nap után és nézi a gyerekeket szaladgálni, vagy kimegy az óceánpartra kifújni magát, és más az, amikor felelősséget kell vállalni egy gyerekért, mikor vigyázni kell rá. A legegyszerűbb az lesz, ha majd megkérdezi Judyt. A gyerekek mindig tudják, mit akarnak.

Ezer és ezer ilyen gondolat futott végig az agyán hazafele menet. Annyira elgondolkodott a dolgokon, hogy majdnem belement egy árokba. Ijedten rántotta vissza a kormányt. Megállt az út szélén, nekitámasztotta a fejét az ülésnek.

– Nyugalom, Roger! – szólt hangosan. Becsukta a szemét, és próbált mélyeket lélegezni. Egy járőr éppen arra járt, meglátta az autót és megállt. A rendőr kiszállt és elindult felé. Mindenki ismerte a hadnagyot, így mikor a rendőr mellé ért, lehúzta az ablakot.

– Á, hadnagy úr! Minden rendben van?

– Persze, köszönöm, csak kicsit fáradt vagyok, így megálltam egy pillanatra, nehogy balesetet okozzak.

– Hazavigyem?

– Nem, köszönöm, már jobban vagyok.

– Akkor további jó utat, és vigyázzon magára.

Míg távolodott, a rendőr utánanézett. Szerinte a hadnaggyal történt valami, mert sosem látta még őt ilyen tétovának. A hadnagy is belepillantott a visszapillantó tükörbe, és látta az utánanéző rendőrt. Soha nem tudták leolvasni az arcáról, hogy mi zajlik belül benne, erre mindig ügyelt zsaruként, de most úgy érezte, hogy az arca elárulta. Sokadszorra jutott eszébe, hogy nem érti, ez a kislány milyen érzelmeket szabadított fel benne. Volt már szerelmes, mikor tengerészgyalokosként szolgált, de az nyilván másfajta érzés volt, és azt a lányt nem látta többé. Mikor leszerelt, beállt a rendőrséghez. Nevet is változtatott, senki sem tudott a múltjáról semmit.

Ez az este rádöbbentette arra, hogy mit is érezhetnek a szülők. Legalábbis úgy gondolta, hogy ez az érzés, amit a kislány iránt érez, ahhoz hasonló lehet, amit a szülők éreznek a gyerekeik iránt. Kicsit megijedt ettől. Mi lesz, ha túlságosan megszereti Judyt, és a kislány is őt? Nem tudja örökbe fogadni, mert sokszor bent kell éjszakáznia egy-egy ügy miatt, és sokszor hétvégenként is dolgoznia kell.

Egy 4 éves gyereket pedig nem akar mindig babysitterre bízni. Milyen élet is lenne az? Mire hazaérne, Judy már aludna, így csak reggelente találkoznának? Nem akart hétvégi apuka sem lenni, annak nem látta értelmét, és akkor még nem is szólva arról, hogy mi van akkor, ha a kislány megbetegszik.

Ezeknél a dolgoknál még az árvaház is jobb megoldás, mert így legalább akkor tud találkozni a kislánnyal, amikor ráér, itt vigyáznak rá, biztonságban van. Nem igazán a felelősségtől félt, ami egy gyerekkel jár, mert szeretett volna egyszer szülő lenni, de mint minden normális ember, ő is úgy gondolta, hogy egy feleséggel együtt kell gyereket vállalni, megosztva a terheket és a felelősséget.

Péntek este Smith hadnagyot is hívták a munkatársai, hogy menjen velük inni egyet, de ő most elhárította ezt az invitálást azzal, hogy holnap dolga van. A munkatársai nem tudták elképzelni, hogy mi lehet olyan fontos neki, de nem kérdeztek tőle semmit, mert mindenkinek van magánélete. Arra gondoltak, hátha hölggyel találkozik. Ha tudták volna, mi van a háttérben!

Smith hadnagy hazafele menet lement az óceánpartra, hogy kicsit megnyugodjon. Izgatott volt a másnap miatt. Remélte, hogy minden jól fog sikerülni, és a kislánynak sikerül boldogságot okozni.

Judyval közben az árvaház vezetője beszélt pár szót vacsora után.

– Figyelj rám, kérlek! Ha jól tudom, nagyon kedveled a hadnagyot, aki meg szokott látogatni. A hadnagy azzal a kéréssel fordult hozzám, hogy szeretné, ha egyszer-egyszer egy hétvégi napot vele töltenél. Mit szólsz ehhez?

Judy legszívesebben felugrott volna a székből örömében és sikítozott volna, hogy „igen-igen", mert erről álmodott nap mint nap, hogy egyszer egy egész napot a hadnaggyal tölthet. De nem akarta elárulni magát, mert Ms. Breslav szigorú hölgy volt.

– Holnap a hadnagy ebéd után érted jön és csak vacsorára kell hazaérned. Megértettél mindent?

– Igen, és köszönöm.

– Most menj vissza a többiekhez!

Ms. Breslav hosszan ült még az asztalánál. Régóta volt már az intézmény vezetője. Sok gyerekkel volt már dolga, de ilyen kérést még soha nem intéztek felé. Amennyire ismeri már Judyt, amennyit megtudott a hadnagyról és ahogy néha megleste a beszélgetéseiket, nem volt kétsége afelől, hogy a két ember jól fogja érezni magát egymás társaságában az intézményen kívül is.

Judy alig bírt elaludni. Egyfolytában a másnap járt az eszében:
próbálta elképzelni, hogy mi mindent fognak csinálni a hadnaggyal. Kimennek a parkba, elmennek az óceánpartra. Mire
nagy nehezen elaludt, már jöttek is a dadusok ébreszteni. Nem
érzett fáradtságot, csak izgatottságot. Egyfolytában az órát leste. Mikor lesz már délután?

Hamarabb lett délután, mint Judy várta. Szerencsére. Már
nagyon hiányzott neki a hadnagy, aki három napja nem látogatta meg.

– Judy, gyere! – szólt Cynthial dadus.

Judy repült kifelé az ajtón. Olyan hevesen sikerült kifutnia,
hogy mikor átölelte a hadnagyot, az majdnem hanyatt esett.

– Mehetünk – mondta gyorsan Judy, mintha attól félne, hogy
már ezek a percek is elvesztek a drága idejükből.

– Jó szórakozást! – kiabált utánuk a dadus, de ezt Judy már
meg sem hallotta. Már máshol jártam a gondolatai.

– Hova menjünk? – kérdezte a hadnagy.

– A parkba, aztán az óceánpartra.

– Rendben.

Míg autóztak, Judy mesélt az elmúlt napokról, hogy hogyan
teltek, és hogy hiányzott neki a hadnagy. Elmesélte, hogy új lányok is érkeztek, de nagyobbak nála, kb. 12-13 évesek lehetnek. Nem túl barátságosak és sokszor piszkálják a többieket,
még a kicsiket is.

Közben megérkeztek a parkba. Mivel jó idő volt, így nagyon
sok család kint volt a fák között. Ennek Judy örült, mert régóta
nem járt itt, pedig anyával és apával sokszor kijöttek ide hétvégenként, és sok barátja volt itt. Most is észrevett pár ismerős arcot.

– Nézd, ott van Alisha az anyukájával és az apukájával.
Menjünk oda!

– Sziasztok! – köszönt Judy. Alisha alig akart hinni a szemének, hogy rég nem látott barátnője itt van. Sikítva ölelték
meg egymást.

– Szia, Judy! De rég láttunk! Jó napot! Agnes vagyok. A férjem, Jack.

– Roger Smith.

– Ön Judy rokona?

– Nem. A miami rendőrségen dolgozom, mint hadnagy. Ma délután én vigyázok Judyra.

– Lányok, menjetek játszani – szólt Agnes.

– Mit is mondott, kicsoda? Hadnagy a miami rendőrségen? – kérdezte csodálkozva Jack

– Igen.

– És hol vannak Judy szülei? Pár hete nem láttuk már őket, azt gondoltuk, hogy elköltöztek, mert nemrég Alisha azzal jött sírva haza az óvodából, hogy a legjobb barátnője elköltözik egy másik városba.

– Sajnos rossz hírem van: Judy szülei meghaltak, Judy pedig árvaházba került.

– Jézusom! – sikított fel halkan Agnes.

– Judy hogy viseli ezt?

– Egész jól. Legalábbis látszatra.

– Hogyhogy most magával van?

– Nagyon jó barátságba kerültünk Judyval, rendszeresen látogatom őt az árvaházban és kérvényeztem, hogy egy-egy hétvégi délutánon velem lehessen. Ez az első ilyen hétvége.

– Ez remek. Alishának nagyon hiányzik Judy, de gondolom, az árvaházban kell maradnia és nem járhat ki az óvodába.

– Így van. Ott vigyáznak rá egész nap.

– Mi lesz ezután szegény kislánnyal? Nagyon rendes szülei voltak.

– Egyelőre marad az árvaházban. Amennyire ismerem már őt, nem igazán lenne jó ötlet azonnal nevelőszülőkhöz adni.

– Pedig nagyon megérdemelne egy jó és szerető családot. Sokszor volt nálunk, és soha semmi baj nem volt vele. Tisztelettudó, és nagyon okos kislány. Mindent azonnal megjegyez, olyan, mint egy szivacs, és a megfelelő pillanatban visszaadja ezt a tudást. Ja, és van humorérzéke.

– Én még nem ismerem annyira őt, de azon vagyok, hogy megismerjem, és segítek majd neki egy megfelelő családot találni.

Sajnos nem sok beleszólásom van az ilyen hivatali ügyekbe, de megpróbálok mindent megtenni, hogy jó helyre kerüljön.

– Van egy ötletem. Ha tudnak, jöjjenek ki két hét múlva ilyenkor ide. Akkor tartunk egy kis szülinapi összejövetelt Alishának. Meghívunk pár családot, és hátha ők ismernek olyan párt, aki szeretne gyereket, de nem jön össze nekik. Hátha így lehetne Judynak rendes családot találni.

– Remek ötlet. Igyekszünk itt lenni. Lassan viszont indulnunk kell, mert megígértem Judynak, hogy még kimegyünk az óceánpartra, és onnan hosszabb az út az árvaházig. Judy! Gyere, indulnunk kell!

– Ne már! – mondta szomorúan Judy.

– Ha szeretnéd még az óceánt látni, akkor muszáj indulnunk.

– Na jó! Szia, Alisha! – ölelte meg szomorúan Judy a barátnőjét. – Jó volt téged látni! Jövünk legközelebb is? – Ez a kérdés már a hadnagynak szólt.

– Igen. Már megbeszéltem Alisha szüleivel.

– Szupeeer! – ugrált örömében a két lány.

– Na, indulás, kisasszony!

– Sziasztok! – integetett visszafele Judy, miközben távolodtak.

Kb. 15 perc alatt kiértek az óceánpartra. Judy nagyon szeretett itt lenni. Mindig megnyugtatta a víz susogása. Legalábbis ő így nevezte az óceán hullámzását. Leültek egy padra.

– Te is szereted a vizet nézni?

– Igen.

– Engem mindig megnyugtat. A víz néha háborog, én viszont megnyugszom tőle. Te is így vagy vele?

– Igen. Néha kijövök ide munka után, és csak hallgatom a vizet.

– Köszönöm, hogy kivittél a parkba. Hiányzik Alisha. Tudod, ő volt a legjobb barátnőm az oviban. De most nem találkozunk, és ez nem jó. Szomorú leszek tőle. Tényleg tudok majd még találkozni vele?

– Igen. Két hét múlva szülinapi bulija lesz, és meghívtak minket oda.

– Szuper! Csak nem tudunk ajándékot vinni neki.

– Azért ne izgulj! Mondd meg, mit szeretnél vinni neki és megveszem.

– Köszönöm. Te vagy a legjobb zsaru a világon – majd puszit nyomott a hadnagy arcára. – Szerinted lesznek nekem még szüleim?

– Szeretnél?

– Nem tudom igazán. Nagyon hiányzik anya és apa. Aludtam már Alisháéknál, de anya és apa mindig értem jött. Most meg hiába kelek fel reggel, nem jön értem senki, és nem visz haza. Hiányoznak a játékaim is, meg a ruháim. Az árvaházban sok ilyen gyerek van, mint én, szoktunk erről beszélgetni, és akkor mindenki sírni szokott – mondta egyre szomorúbban Judy.

A férfi érezte, hogy a kislány most fogta fel igazán, hogy egyedül maradt és nincsenek szülei. Nagyon szerette volna neki azt mondani, hogy minden rendben lesz, de egyelőre maga sem tudta, hogy mi lesz a kislánnyal a jövőben. Mindenféleképpen el kell menniük Alisha születésnapjára, de megfogadta, hogy addig is bemegy a gyámhivatalhoz és megkérdezi, hogy nincs-e valaki a várólistán, aki pont egy ilyen korú gyerekre vágyik.

– A legjobb persze az lenne, ha tehozzád mehetnék. Téged nagyon szeretlek. Nem akarsz az apukám lenni?

Olyan mellbevágó volt Judy kérdése, hogy Smith hadnagy teljesen lefagyott. Hirtelen nem tudott erre mit válaszolni, csak ült némán, bámulta a vizet, és a múltkori gondolatai csengtek vissza a fejében. Apaság, felelősség, szeretet stb.

– Ezek szerint nem, igaz? – mondta szomorúan Judy.

– Figyelj rám, kicsi lány – szedte össze bátorságát a hadnagy –, nem arról van szó, hogy nem szeretlek annyira, hogy ne tudnék az apukád lenni, hanem hogy az én munkám mellett nem jutna rád időm. Látod, most is sokszor napokig nem tudlak meglátogatni. Neked pedig nem ilyen apuka kell, hanem olyan szülők, akik nap mint nap veled vannak.

Judy némán hallgatta őt, és egyre jobban összeszorult a szíve a szomorúságtól. Belenézett a férfi szemébe és elkezdett sírni. A hadnagy magához húzta a kislányt és szorosan átölelte. Az ő szeme is könnyes lett, az ő szíve is majd' megszakadt a szomorúságtól. Bekövetkezett az, amitől félt: nagyon megszerette a kislányt. Percekig így ültek, és a hadnagy próbálta megnyugtatni a kislányt. Egyszer csak Judy abbahagyta a sírást és megkérdezte:

– De ha lesznek más szüleim, akkor már nem leszünk barátok? – Ez a kérdés megint mellbe vágta a hadnagyot.

– Dehogynem! Majd olyan szülőket keresünk, akik megengedik, hogy találkozhassak veled.

– Az jó lenne! Nagyon szeretlek! – mondta könnyeivel küzdve Judy.

– Én is téged, kisasszony! Szeretném, ha boldog lennél! – Judy könnyes szemekkel elmosolyodott.

Csöndben ültek még így pár percig, majd a hadnagy megtörte a csendet, mivel indulniuk kellett vissza az árvaházba. Judy mély lélegzetett vett és bólintott, hogy rendben. Nem akart visszamenni, de tudta, hogy muszáj.

Visszafele menet elaludt az autóban. A hosszú, monoton autózás, a friss levegő, a sírás elfárasztotta. A hadnagy keltegetésére ébredt csak fel.

– Kisasszony, megérkeztünk! – Mikor kinyitotta a szemét, ismét a hadnagy mosolygós arcát látta.

– Jó estét, hadnagy úr! – köszönt kedvesen Evelyn.

– Szia, Judy! Menj be, nemsokára vacsorázunk!

Judy még kicsit álmosan puszit nyomott a hadnagy arcára. – Szia!

– Szia! Légy jó, hamarosan találkozunk.

– Minden rendben volt? – kérdezte a férfit Evelyn.

– Igen – felelt a férfi, de Evelyn kihallotta belőle a szomorúságot.

– Judy megint sírt? – kérdezte, mikor a kislány hallótávolságon kívül került.

– Ezt miből gondolja?

– Láttam a szomorúságot az arcán.

– Erről most ne beszéljünk, kérem. Megbeszéltük ketten a dolgot.

– Elnézést, csak Judy olyan szeretetéhes kislány. Szüksége lenne tisztességes szülőkre. Ha megengedi, segítenék ebben.

Ismerek pár párt, akik biztosan örökbe fogadnának egy ilyen kislányt.

– Rendben. Beszéljünk erről valamelyik nap négyszemközt.

– Rendben. Szerdán szabadnapos leszek, akkor felkeresem önt.

– Köszönöm. Viszlát!

– Szép estét, hadnagy úr!

Mikor Smith hadnagy beszállt az autójába, megint gyötrő, fájdalmas érzések fogták el. Még alig váltak el egymástól, de már most hiányzott neki a kislány mosolya.

3.

Judy kórházban

Kedden reggel megszólalt Smith hadnagy telefonja.

– Tessék!

– Smith hadnagy? Ms. Breslav vagyok az árvaházból. Rossz hírem van. Judy ma reggel kórházba került.

– Mi történt?

– Annyit tudok egyelőre, hogy reggelre magas láza lett, így bevittük a kórházba. Evelyn dadus ott van vele.

– Köszönöm.

Smith hadnagy sietett a kórházba. Mikor megérkezett a kórházba, Judyt már ellátták.

– Merre találom Judy Petersont? – kérdezte a pultnál a nővért.

– A 122-es szobában.

– Köszönöm.

– Jó napot, Evelyn! – lépett a szobába a hadnagy.

– Jó napot, hadnagy úr!

– Mi baja van Judynak?

– Tüdőgyulladása van, magas lázzal. Nagyon rossz állapotban van egyelőre. Antibiotikumot kap, és próbálják levinni a lázát. Magukra hagyom önöket egy kicsit.

A hadnagy odalépett az ágyhoz és finoman megfogta Judy kezét. A kislány keze tűzforró volt, az arca piros volt a láztól. Mellkasa gyorsan mozgott, ziháló hangokat adott ki. Kezéből infúziós branül lógott ki, orrába csövet tettek, amiben oxigén áramlott. A Judy melletti monitor folyamatosan pittyegett. A hadnagynak összeszorult a szíve, hogy így látta Judyt. Nagyon aggódott a kislányért. Bízott benne, hogy meggyógyul.

Pár perc múlva bejött Evelyn. Halkan beszélgettek.

– Tudja, mi történt? – kérdezte a hadnagy.

– Egyelőre nem. Reggel azonnal hívtuk az orvost, ő meg a mentőket. Az orvos annyit mondott, hogy megfázásos tüdőgyulladás, nem vírusos. Az orvos még annyit mondott, hogy minimum 1 nap kell, amíg hatnak a gyógyszerek, mert nagyon magas a láza, és mivel nagyon fiatal a szervezete, ezért fennáll, hogy károsodhat a szíve. Csak bízni tudnak abban, hogy meggyógyul – mondta szomorúan Evelyn. Ő is nagyon megszerette a kislányt, így ő sem értette, miért lett ennyire beteg Judy.

A hadnagy szeretett volna még maradni, de megszólalt a telefonja. Esethez hívták.

– Mennem kell. Kérem, ha megtud valamit, hogy mi okozhatta Judy megbetegedését, szóljon.

– Azonnal szólok.

– Köszönöm. Viszlát!

– Viszlát!

Miközben kifele ment, azon gondolkodott, hogy jó pár napja találkoztak, így biztosan nem a parton fázott meg Judy. Akkor pedig az árvaházban történt valami. Eszébe jutott, hogy Judy azt mesélte neki nemrég, hogy jött pár új lány, aki piszkálja a többieket. Lehet, hogy ezeknek a lányoknak közük van Judy megfázásához? Várnia kell legalább egy napot, míg Judy jobban lesz és tud vele beszélni. Egész nap nehezen tudott koncentrálni a munkájára. A munkatársai látták ezt rajta és aggódtak. Tudták, hogy mostanság sokat találkozik a kislánnyal az árvaházban, és mindig nagyon boldognak látták a főnöküket. Claire vette a bátorságot és megkérdezte a főnökét:

– Roger! Történt valami Judyval? Olyan furcsa vagy ma.

– Kórházban van tüdőgyulladással és igen magas lázzal. Szerintem az árvaházban történt valami.

– Kérdezősködjünk?

– Nem. Várjuk meg, míg Judy jobban lesz, hátha ő mond valamit.

– Rendben. Fel a fejjel! Meg fog gyógyulni!

– Ebben bízom én is – mondta a hadnagy kicsit szomorúan.

Egész nap várta Evelyn telefonját, de a hölgy nem jelentkezett. Este bement ismét Judyhoz. Evelyn ott volt még.

– Jó estét! Változott valami?

– Jó estét! Kicsit lejjebb ment a láza, de semmi több. Kimegyek egy kicsit.

– Rendben. – Mikor Evelyn kiment, megfogta a kislány kezét. Már nem volt olyan forró, mint reggel. Judy kicsit kinyitotta a szemét. Mikor meglátta a hadnagyot, elmosolyodott.

– Szia! – mondta Judy alig hallhatóan.

– Szia! Hogy érzed magad?

– Nagyon fázom! Hol vagyok?

– Kórházban, és magas lázad van. Aludj nyugodtan, hogy meggyógyulj, kicsit itt maradok veled.

– Rendben – bólogatott Judy, becsukta a szemét és aludt tovább.

A hadnagy továbbra is szomorú volt, de hogy Judy felismerte őt, az jó jel volt, legalábbis úgy tudta.

Evelyn hamarosan visszajött.

– Beszéltem az orvossal és annyit mondott, hogy Judy jól reagál a gyógyszerekre, de még nem kielégítően alacsony a láza, ami jót is jelenthet, mert küzd a szervezete. A kérdés az, hogy a kis szíve is kibírja-e. Folyamatosan figyelik őt, és ha bármi gond van, azonnal közbelépnek.

A hadnagynak mintha tőrt forgattak volna a szívében: a kis szíve bírja-e? Ez nem jelentett jót. Nem szokott imádkozni, mert a zsaruk csak a bizonyítékokban hisznek, de most visszaemlékezett arra, mikor anyukájával templomba jártak kiskorában, és hogy anyukája sem Istenben, hanem az angyalokban hitt igazán, sokszor hozzájuk imádkozott. Csak a következő jutott eszébe, amit magában mondott el, miközben két keze közé fogta Judy pici kezét: Kérlek, angyalok, gyógyítsátok meg ezt a pici lányt. Vigyázzatok a kis szívére, vigyétek lejjebb a lázát.

Ha valaki hallotta volna őt a kollégái közül, biztos bolondnak nézte volna. De ez most nem számított, csak az, hogy Judy mihamarabb meggyógyuljon.

Fájó szívvel ment haza. Nem is igazán tudott aludni: ha becsukta a szemét, mindjárt Judy lázas testét látta maga előtt. Egész éjjel fent volt. Próbált olvasni, az sokszor segített neki kikapcsolni a munka után, de most ez sem segített. Nem szokott tévét nézni, de most bekapcsolta. Keresett valami filmet, aztán csak bámulta. Azt sem tudta mit néz, csak nézte. Aztán egyszer csak arra eszmélt, hogy szól a telefonja. Ránézett az órára: reggel nyolc volt, a tévé meg szólt. Ezek szerint sikerült ruhástól elaludnia a kanapén. Mikor feltápászkodott, minden tagja fájt. A kanapét csak tévézésre találták ki, nem alvásra.

– Igen – vette fel a telefont.

– Jó reggelt! Evelyn vagyok. Judy jobban van. Kicsit lejjebb ment a láza. Most vizsgálja az orvos. Csinálnak kardiológiai vizsgálatot is, hogy a szíve nem károsodott-e.

– Köszönöm. Összeszedem magam és indulok.

Végignézett magán és elszörnyedt. Sosem történt még ilyen vele. Voltak kemény esetek a zsaruévei során, de olyan még sosem történt, hogy az események ennyire megviselték volna. Ebből is látszik, hogy mennyire közel került érzelmileg ehhez a kislányhoz. Ez volt az az érzés, amit zsaruként mindig el kellett nyomni. De most már mindegy, gondolta, benne van a sűrűjében. Gyorsan lefürdött, ruhát váltott és elindult a kórházba.

Mikor a kórházba ért, már végeztek a vizsgálatokkal.

– Jó reggelt, Evelyn!

– Jó reggelt, hadnagy úr!

– Mi újság?

– Egyelőre úgy tűnik, hogy minden rendben van Judy szívével, de majd pár nap múlva csinálnak még új vizsgálatokat, mielőtt kiengedik a kórházból.

– Ez remek! Beszélhetek vele?

– Persze, kimegyek egy kicsit addig.

– Szia!

– Szia, hadnagy úr! – mosolygott Judy. A férfi is mosolygott, nem hívta még őt így a kislány.

– Hogy érzed magad?

– Most már nem fázom. A doktor néni azt mondta, hogy erős kislány vagyok, de még pár napot itt kell maradnom.

– Judy! Meg tudod mondani, hogy történt-e valami az árvaházban, ami miatt beteg lettél? – A zsaruvére nem hagyta nyugodni, mindenképpen meg kellett tudnia, hogy mitől lett ennyire beteg a kislány.

– Te vagy a zsaru! Nyomozd ki!

– Na, hát ezt jól megkaptam! – mondta mosolyogva Smith hadnagy. – Kicsit sem segítesz?

– Hmm. Na jó! De nem tőlem tudod – hangzott a tökéletes válasz. – A két új lányhoz van köze. Meg, hogy megvédtem egy kisebbet valamelyik nap.

– Ez is valami, ha már nem árulsz el többet.

– Sajnálom, ennyit mondhatok – mondta felszegett fejjel Judy.

– Rendben, akkor ezen a nyomon fogok elindulni – válaszolta Smith hadnagy, úgy ejtve a szavakat, mintha egy hivatalos beszélgetésen lennének.

– Tegyen úgy, hadnagy úr! – felelte most már nevetve Judy, mert érezte a férfi hangleejtésében, hogy most viccelődik vele és próbálja megnevettetni. A dokik is mindig azt mondják, hogy a nevetés a legjobb orvosság.

– Azt fogom tenni, kisasszony! Most pedig pihenjél még, mert nem lesz, aki elkísérjen Alisha szülinapi bulijára.

– Igenis, hadnagy úr! – felelte Judy, és még szalutált is hozzá.

A hadnagy mosolyogva puszit nyomott Judy homlokára, majd kint megkereste Evelynt.

– Beszélhetnék önnel?

– Persze, hadnagy úr!

– Judy valami olyasmit említett, hogy megvédett valakit valamelyik nap. Az a sejtésem, hogy emiatt bánthatták őt a nagyobbak. Mit tud erről?

– Két nappal ezelőtt az udvaron két nagylány piszkált egy kisebbet. Lökdösték, ütögették és kiabáltak vele. Aztán annyit láttam, hogy a kislány sírva fakad, majd elindultam feléjük, de Judy hamarabb odaért. Már csak annyit hallottam, hogy Judy mérgesen annyit mond, hogy „a nálatok nagyobbakkal kezdjetek ki”, majd a lányok annyit mondtak, hogy „ezt még megkeserülöd, kis béka”. Gondolja, hogy a lányok bántották Judyt? De hogyan és mitől lázasodott be? Jöjjön el velem az árvaházba és kiderítjük, mi történt! Van egy tippem.

– Maga is egy fura hölgy, Evelyn.

– Annak tart? Én is árvaházban nevelkedtem, így ismerem az ottani farkastörvényeket.

Mikor megérkeztek az árvaházba, épp az udvaron voltak a gyerekek.

– Várjon meg itt – mondta Evelyn a bejáratnál lévő kis előtérben, majd felment Ms. Breslavhoz.

– Jó napot, Christine!

– Jó napot, Evelyn! Hogy van a kislány?

– Jobban van. Viszont lenne egy kis probléma: szerintem az új lányok bántották Judyt.

– Miből gondolod?

– Hallottam pár nappal ezelőtt vitatkozni őket az udvaron, ahol a lányok megfenyegették Judyt. Szerintem este a zuhanyzóban hideg víz alá tartották. Velem is történt anno ilyen, mikor árvaházban voltam. Én is belázasodtam másnapra. Ez kegyetlen dolog, de a lányokat is nehezen lehet fegyelmezni. Mióta itt vannak, nagyon sok összetűzés volt már a gyerekek között.

– Járjunk akkor a végére! Hozd ide a lányokat.

– Smith hadnagy is itt van lent.

– Őt is hívd be!

– Foglaljatok helyet, lányok! Bemutatom nektek Smith hadnagyot. Ő Judy miatt van itt, tudjátok, a kislány, aki két napja kórházban van. Szerintem ti tudtok nekem mondani valamit Judyval kapcsolatban. Annyit tudnotok kell, hogy Judy nem árult el semmit, hogy mi történt. Nos, mit tudtok mondani nekünk?

A két lány csak ült némán, majd az egyikük kaján vigyorral az arcán megszólalt:

– Az a kis béka megérdemelte, amit kapott. Nem kellett volna beleszólnia az ügyünkbe.

– Ügyetekbe? Ezt hogy értsem?

– Egy szívességet kértünk egy kisebb lánytól, majd odajött és elkezdett szidni minket, hogy hagyjuk békén a kisebbet.

– Na, állj, lányok! – csattant fel Evelyn hirtelen. – Én nem így láttam az eseményeket. Én láttam, hogy lökdöstétek az egyik kicsit, és Judy csak megvédte őt.

– Nos, lányok, így volt vagy sem? – szólalt meg Smith hadnagy. – Judy nagyon beteg volt, akár bele is halhatott volna abba, amit tettetek. Ez már bűncselekmény, és ha nem mondjátok el az igazat, akkor beviszlek titeket a rendőrségre.

Erre a két lány megijedt és könyörögni kezdtek:

– Kérem, ne! – mondták egyszerre. – Mi csak meg akartuk leckéztetni a kislányt, amiért a kisebb védelmére kelt. Este hideg zuhany alá tettük, azt hittük, megijed, de ő csak mosolygott rajtunk, hogy csak ennyire vagyunk képesek. Aztán otthagytuk. Sajnáljuk, nem akartunk rosszat!

– Rendben, lányok. A büntetésetek egyelőre az, hogy két hétig nem mehettek ki, és mindennap ugyanazt a munkát kell végeznetek, amit Judy is csinál.

– Igenis, asszonyom! – felelték egyszerre a lányok, és tényleg látszott rajtuk a megbánás.

– Most mehettek, és ma el is kezdhetitek a büntetés letöltését.

– Viszontlátásra!

– Hadnagy úr! Meg van elégedve a válasszal?

– Igen. Köszönöm. Akkor megyek, nekem nincs több dolgom itt. Viszontlátásra!

– Viszontlátásra!

– Kikísérem a hadnagy urat – mondta Evelyn.

– Nos, hadnagy úr?

– Csak Roger!

– Nos, hadn… bocsánat, Roger! Megvan a megoldás.

– Meg. Ez gyors volt. Köszönöm a segítséget, Evelyn!

– Holnap is bemész meglátogatni Judyt?

– Ki nem hagynám! – mondta széles mosollyal az arcán a hadnagy. – További szép estét!

– Neked is, Roger!

A hadnagy nagyon jókedvűen hagyta el az árvaházat. Amióta ismerte Judyt, nem unatkozott. A kicsi lány mindig tartogatott számára meglepetéseket. Ezért úgy döntött, hogy ő is meglepi Judyt holnap valamivel. Már tudta is, mivel. Hazafele betért egy játékboltba.

Másnap kora délután tudott csak bemenni Judyhoz a kórházba. Judy már annyira jól volt, hogy felkelhetett. Nem kellett neki kétszer mondani. A többi gyerekkel játszott a játszószobában. Mikor meglátta a hadnagyot, nevetve futott hozzá.

– Szia! De jó, hogy itt vagy! – lelkendezett Judy.

– Szia, kicsi lány! Látom, jobban vagy!

– Igen. Képzeld, ma bicikliznem kellett. Csuda mókás volt, mert a bicikli nem ment sehová, nem voltak kerekei. Viszont szörnyű hangja volt, mikor tekertem. Be akartam fogni a fülem, de akkor meg majdnem leestem róla. Plusz a doktor néni hideg tappancsokat tett rám, és egy monitor pittyegett egyfolytában. Mikor befejeztem, azt mondta a doktor néni, hogy holnapután elmehetek a kórházból. Így mondta: makkegészséges vagyok. Nagyon aranyos a doktor néni.

– Hát, hallom, tényleg jobban vagy, mert egyfolytában beszélsz.

– Na, nem is igaz. Maradjak inkább csöndben? Vagy legyek hal? Melyiket szeretnéd? – A hadnagy nem bírta ki nevetés nélkül. Jó volt ismét azt a kislányt hallani beszélni, akinek be nem áll a szája a sok mondanivalótól. Nagyon örült neki, hogy meggyógyult. Miközben beszélgettek, a folyosón sétáltak. Leültek egy padra, és a hadnagy elővett a zsebéből egy kb. 10 cm-es nagyságú plüss tigrist.

– Ezt neked hoztam – adta oda Judynak az ajándékot.

– Emlékeztél rá, hogy a tigris a kedvencem a Micimackóból? Mindig ugrál és bolondozik.

– És bátor, amilyen te voltál, mikor megvédted az árvaházban a kicsiket a nagyok ellen.

– Hát kiderítetted! Nem is volt olyan nehéz, igaz? – kacsintott Judy a hadnagyra mosolyogva.

– Valaki sokat segített – nézett Judyra a hadnagy.

– Az nem volt segítség – mondta kicsit szomorúan Judy.

– De az volt, hidd el nekem.

– Ha te mondod, hadnagy úr!

– Mi lenne, ha Rogernek szólítanál?

– Igenis, hadnagy úr! – szalutált mosolyogva Judy. Smith hadnagy boldognak érezte magát. Jobban volt a kislány, és ez mindennél többet ért.

– Gondolkodtam, míg itt voltam. Lehet, hogy mégiscsak szeretnék egy új családot, vagy legalábbis új szülőket. Segítesz nekem ebben? – kérdezte komolyan Judy.

– Tényleg szeretnél?

– Igen. Ugyan hiányzik apa és anya, de hátha vannak ugyanolyan felnőttek, akik szeretnének engem, és mivel te nem tudsz engem örökbe fogadni, így keressünk más megoldást. Szerinted lehetséges?

– Igen. Ismerek én is ilyen gyerekeket. Megkérdezem neked a gyámhivatalban, hogy mit tudnak segíteni, rendben?

– Szuper! Szerinted utána is tudunk találkozni, vagy akkor már nem lehetsz a barátom?

– Meglátjuk, próbálunk olyan szülőket keresni majd, akik ezt megengedik nekünk.

– Az jó lenne.

– Most mennem kell.

– Hát jó! – sóhajtott Judy

– De jövök holnap is, ha nem bánod.

– Ez most kérdés volt? – A hadnagy csak mosolygott.

– Légy jó addig is! – Mielőtt elment volna, puszit nyomott Judy homlokára.

– Megpróbálok! – mondta szomorúan Judy. Szeretett a hadnaggyal beszélgetni, de a férfinak is dolgoznia kell, nem lehet mindig vele.

A hadnagy kifele menet váltott pár szót Evelynnel az új szülők keresésével kapcsolatban. Ugyan találkoztak volna ez ügyben szerdán, de Judy betegsége átírta az eseményeket. Megegyeztek, hogy amint tud valamelyikük valamit, jelentkezik.

A kórházból Smith hadnagy egyenesen a gyámhivalatba ment, hogy felkeresse az ismerősét, aki esetleg tudna segíteni Judy ügyében.

– Szia, Carmen!

– Szia, Roger! Mi járatban errefelé?

– Egy kis szívességre lenne szükségem.

– Megint egy gyerek, igaz?

– Igen, de ez a kislány valahogy más, mint az eddigiek. Neki nyugodt szülőkre lenne szüksége, akik hajlandóak foglalkozni vele és segíteni őt a tanulásban. Nagyon okos, értelmes kislányról van szó. Ilyen gyerekkel nem találkoztam még.

– Rendben. Mi a gyerek neve?

– Judy Peterson.

– Á, igen. Emlékszem rá. Amint tudok valamit, szólok.

– Köszi.

– Nincs mit.

Judyt kiengedték a kórházból pénteken. Minden rendben volt
vele. Evelyn ment érte. Mikor beértek az árvaházba, a két lány,
akik bántották őt, odamentek hozzá és bocsánatot kértek. Judy
megbocsátott nekik, de megígértette velük, hogy nem bántják
a kisebbeket. A két lány elmondta, hogy olyan otthonból jöttek, ahol mindennapos volt a verekedés, de itt minden más, itt
jobb lenni, és igyekeznek jól viselkedni. Judy kezet rázott velük
a béke jeleként. Ettől kezdve együtt segítettek a konyhán, este
a kicsiket lefektetni, mesét olvasni. Sőt, ha veszekedés támadt
egy-egy játék miatt, azt is segítettek megoldani. Hárman nagyon jó barátnők lettek. Még a dadusok és Ms. Breslav is meglepődtek a gyors változáson.

– Tényleg van valami különleges Judyban – beszélték a heti
intézményi értekezleten a dadusok –, hogy minden jóra fordul
a jelenlétében.

Mitől olyan különleges ez a kicsi lány?

Egy hét telt el, mióta Judyt kiengedték a kórházból. Reggel Smit
hadnagy felhívta Ms. Breslav-t, hogy mivel másnap úgyis elhozná Judyt, így esetleg megengedné-e, hogy este nála aludjon
a gyerek. Ms. Breslav meglepődött a kérésen, de mivel Judyval
semmi gond nem volt, amióta a hadnagy látogatta, sőt inkább
jó hatással volt rá, így beleegyezett.

Judy nem tudott a dologról, így mikor a hadnagy vacsora
után megjelent, igen elcsodálkozott. Ms. Breslav is lejött és ő
mondta Judynak, engedélyezte, hogy a hadnagynál töltse az estét, és csak szombat este kell visszajönnie. Ahogy szokták mondani, Judyval madarat lehetett volna fogatni. Nem tudott elég

hálásan köszönetet mondani Ms. Breslav-nak, így csak szorosan megölelte őt. A nő nem szokott gyakran elérzékenyülni, de a kislány ölelése valami furcsa érzést szabadított fel benne. Neki nem voltak gyerekei, ő az árvaházi gyerekeknek szentelte az életét. Még 28 évesen volt egy nagy szerelmi csalódása, ami után már képtelen volt más férfival kapcsolatot kialakítani, bármennyire igyekezett. Ekkor döntött úgy, hogy gyerekekkel foglalkozik a jövőben. A gyerekek még alakíthatók, nevelhetők. 30 évesen megpályázta ezt az állást, és immár 15 éve sikeresen vezeti ezt az árvaházat. Nagyon elégedett az életével, a kollégái is szeretik annak ellenére, hogy szigorú embernek tartják. Egyszóval mikor Judy átölelte, a hála átjárta a szívét. Itt a jó példa immár sokadszorra, hogy mindaz, amiért évek óta dolgozik, az jó.

– Vigyázz magadra, és fogadj szót a hadnagynak!

– Rendben – mosolygott Judy. – Jó éjszakát!

– Jó éjszakát! – köszönt vissza Ms. Breslav.

– Hogyhogy nálad alhatok? – kérdezte Judy a hadnagyot, miután beszálltak az autóba.

– Gondoltam, örülnél neki.

– Ez szuper ötlet volt! Köszönöm.

– Szívesen.

Kb. félóra múlva a hadnagy házánál voltak, valahol a külváros szélén, a belvároshoz közelebbi részen.

– Itt laksz? – álltak meg egy házikónál. Nem volt nagy ház, de a hadnagyot ismerve nem kellett neki nagy ház, hisz' alig van otthon.

– Nem tetszik?

– Dehogynem! Ha téged nézlek, éppen megfelelő – mondta, miközben beléptek az ajtón. A hadnagy ezen csak mosolygott. Vigyáznia kell, mit tesz vagy mit mond, mert Judy mindig talál rá megfelelő választ.

– Mindig ilyen szókimondó voltál?

– Igen, apa mindig kibukott ezen, hogy hogy lehet ennyit beszélni. Ami a szívemen, az a számon.

– Arra már én is rájöttem.

– Körülnézhetek? – Bár ez a kérdés felesleges volt, mert Judy
már száguldott is körbe a lakásban. – Nagyon szuper! Ez a kis
lakás pont hozzád való.

Aki a lakásba lépett, mindjárt a nappaliban találta magát.
Volt egy kis rész, ahol a kabát, cipő elfért, így utcai cipővel nem
jártak be. A lakásban tisztaság volt, de mint kiderült, volt egy
hölgy, aki kéthetente eljárt a hadnagyhoz takarítani. A nappa-
li közepén volt egy kanapé, mellette két fotel, középen egy kis
asztalka. A tévé az egyik falon kapott helyet. A fotelból és a ka-
napéról is jól lehetett látni. A nappali egy folyosóba torkollott,
aminek jobb és bal oldalán volt egy-egy kis szoba, kicsit arrébb
a fürdőszoba. A folyosó végén volt a konyha, amiből a kis terasz-
ra és a kis kertbe lehetett kimenni.

– Melyik a Te szobád?

– A bal oldali.

– És kié a másik?

– Az lenne a gyerekszoba, ha lenne gyerek hozzá.

– Akkor most az enyém lesz ma éjszakára?

– Igen.

– Szuper! Egy saját szoba, ahol nem szuszog senki éjszaka.

Mindkét szobában volt egy franciaágy, egy szekrény, egy fo-
tel. A gyerekszobában volt egy asztal is egy székkel, a folyosón
pedig egy viszonylag nagy beépített szekrény.

– Meg tudsz fürödni egyedül?

– Persze. Nagylány vagyok már.

– Bocsánat, kisasszony!

– Nem történt semmi. De azért ott leszel az ajtó előtt?

– Akkor mégsem vagy olyan nagylány? – viccelődött a had-
nagy, de mikor látta, hogy Judy szája lefele görbül, hozzátet-
te: – Ne aggódj, itt nem bánt senki! Menj nyugodtan, itt vár-
lak az ajtó előtt!

Judy fürdés közben énekelni kezdett. A hadnagy közelebb
húzódott az ajtóhoz, hogy jobban hallja. Nagyon szép és tiszta
hangja volt a kislánynak a korához képest. A hadnagy nekitá-
maszkodott az ajtófélfának, becsukta a szemét és úgy hallgat-
ta a dalokat. Nagyon tetszett neki, ahogy Judy felszabadultan

énekelt. Nem nagyon ismerte a mai dalokat, de sejtette, hogy a mai Disney-gyerekfilmekből vannak. A hadnagy annyira belemerült a hallgatózásba, hogy észre sem vette, hogy Judy ott áll mellette.

– Hadnagy úr! Te hallgatóztál?

– Én?

– Sajnálom, de nagyon rosszul hazudsz. A szemed mindent elárul.

– Nos, ha így van, akkor tényleg lebuktam. Nagyon szépen énekeltél.

– Apa is sokszor mondta, hogy olyan az énekem, mint a sziréneké: rabul ejt.

– Ebben igaza volt apukádnak. – A hadnagy is meglepődött, hogy Judy milyen sokszor emlegeti a szüleit, de nem látszik már rajta a szomorúság – mintha már elfogadta volna a tényt, hogy nincsenek szülei. De az is lehet, hogy ez csak látszat, és Judy belül nagyon szomorú.

– Akkor most te jössz?

– Ezt hogy értsem?

– Fürödj meg te is, mert nem jó koszosan ágyba kerülni. Légysziiiii!

– Rendben, kisasszony! És te addig hol leszel?

– Itt várok az ajtó előtt. Azért félek ebben a házban.

– Rendben – mondta mosolyogva a hadnagy.

Mikor a hadnagy bement a fürdőszobába, Judy ismét énekelni kezdett. A hadnagy először hallgatta a csukott ajtó mögött, aztán gyorsan megfürdött. Volt egy olyan érzése, hogy Judy azért énekel, mert fél. Gyerekkorában ő is hallott erről a meséről, ahol a kislány azért énekelt az erdőben, hogy elijessze a koboldokat, akik nem szeretik az éneket.

– Gyors voltál! Biztos rendesen megfürödtél? Ha apa gyorsan fürdött, anya mindig azt mondta, hogy nagyon fontos dolga van. Ja, persze, olyankor mindig valamilyen meccs kezdődött.

– Nos, kisasszony, akkor irány az ágy?

– Nem lehetne, hogy mesélj nekem mesét? Van egyáltalán mesekönyved?

– Képzeld, van! Kaptam kölcsön párat az egyik kollégámtól.

– Juhé!

Judy választott egy mesét, amiben tündérek voltak, de olyan fáradt volt, hogy hamar elaludt. A hadnagy betakarta, nézte egy darabig, majd kiment a nappaliba egy könyvvel. Ritkán tudott olvasni, mert sokszor olyan későn és fáradtan ért haza, hogy örült neki, ha lefeküdhetett aludni. Most sem tudott igazán az olvasásra figyelni, mert egyfolytában Judy járt az eszében. Vajon tud-e neki segíteni rendes szülőket találni? Míg így gondolkodott, egyszer csak sikítást hallott a szoba felől.

– Mi a gond, kisasszony? – szaladt be a hadnagy és átölelte Judyt.

– Rosszat álmodtam. Itt alszol ma mellettem?

– Rendben, csak leoltom kint a lámpát.

Mikor visszament a szobába és bebújt az ágyba, Judy szorosan odavackolta magát a hadnagyhoz, majd pár perc múlva aludt is. A férfinem bírt elaludni. Megint az a nagyon furcsa érzés fogta el, amit már annyiszor érzett. Védelmezőn átölelte Judyt és megint oda jutott, hogy valószínűleg ilyen érzés lehet apának lenni: nagyon jó! Hallgatta Judy szuszogását.

Valószínűleg elaludhatott, mert arra ébredt, hogy kicsit nehezen kap levegőt. Kinyitotta a szemét, várt, míg megszokta a szeme a félhomályt. Hajnalodott. Körülnézett és akkor vette észre, hogy Judy keresztben fekszik a mellkasán. Ezért nem kap rendesen levegőt! Finoman arrébb tette Judy kis testét, csak annyira, hogy normálisan tudjon levegőt venni. Remélte, hogy nem ébred fel. Olyan édesen aludt!

Ismét elaludhatott, mert arra ébredt, hogy már besüt a nap. Rég aludt már ennyit. Kinyitotta a szemét és megijedt, nem látta Judyt sehol. Ellenben a konyha irányából hangok hallatszottak, és halk dudorászás. Felkelt és kiment a konyhába.

– Jó reggelt! – köszönt mosolyogva Judy egy széken állva, – Jót aludtál? Olyan mélyen aludtál, hogy nem akartalak felébreszteni.

– És te jól aludtál? Te meg éjszaka aludtál úgy, hogy ráfeküdtél a mellkasomra.

– Bocs. Nem akartam – biggyesztette le az ajkát Judy.

– Semmi gond, oké?

– Oké.

– Te tudsz reggelit készíteni?

– Igen. Anya megtanított egy-két könnyű étel elkészítésére. Főzni is tudok pár ételt, meg sütit is tudok csinálni.

– Hm. Jól hangzik.

– Palacsinta és kávé reggelire a hadnagy úrnak! – tette a férfi elé a friss palacsintát és a gőzölgő kávét.

– Hm. Ez nagyon finom. Honnan tudtad, hogy szeretem a kávét?

– Megfigyeltem, mikor kávét ittál legutóbb. Mindenki mindig ugyanúgy issza a kávét. Ha megszoktál valamit, azt mindig úgy iszod, úgy eszed.

– Miket nem tudsz?

– Anya kapott frászt ettől. Mikor apa hazajött esténként, mindig megmondtam, hogy milyen napja volt. Az arc, a szem, a fejtartás mindenkiről elárul mindent.

– Honnan tudsz ilyeneket?

– Néztem egy sorozatot az emberről, és ott volt arról is szó, hogy mikor milyen izmok mozognak. Utána érdekelni kezdett, hogy miért grimaszolnak az emberek; hogy ha nevetünk, akkor miért húzódik szét a szánk és miért nem lehet csukott szájjal nevetni, meg ilyenek. Érdekel az emberek viselkedése is, de még kicsi vagyok, így még azt nem értem annyira. Apa frászt kapott egyszer, mikor azt mondtam neki, hogy az emberek viselkedését szeretném vizsgálni, ha nagy leszek.

– Kicsit tényleg furcsán hangzik ez így egy ilyen kicsi lány szájából.

– Na látod! Te is ezt mondod! Ezek vagytok ti, felnőttek!

A hadnagy nagyon figyelte Judyt. Olyan éretten és értelmesen beszélt és vitatkozott ez a kicsi lány, mintha nem is négy éves lenne. Nagyon ritka az ilyen gyerek. Ebben a pillanatban eszébe jutott, hogy délután kicsit leteszteli őt a parkban. Ha tényleg ilyen jó a megfigyelőképessége, akkor olyan szülőket kell találni neki, akik nem akadályozzák meg a tovább fejlődésében.

– Kicsit elkalandoztál – szólalt meg Judy.

– Bocsánat. Csak nagyon ízletes volt a reggeli. Rég ettem ilyen finomat.

– Köszönöm. Kimehetek a teraszra, míg felöltözöl?

– Persze.

A hadnagy félóra múlva kész volt. Mielőtt kiment Judy után a teraszra, kinézett. Judy az egyik lépcsőfokon ült, fejét a térdére támasztva.

– Minden rendben van? – kérdezte a hadnagy.

– Igen. Csak jó itt ülni és nézni a semmibe. Ha jól tudom, a felnőttek is így szoktak tenni, ha már elegük van mindenből.

– Ez így van. De lassan indulnunk kell, ha szeretnénk Alishának ajándékot venni.

– Akkor induljunk.

– Kitaláltad már az ajándékot?

– Igen, de a kérdés az, hogy találunk-e olyat, meg hogy menynyibe kerül.

– Hova menjünk?

– Természetesen a plázába, hova máshova!

– Igenis, kisasszony!

Természetesen a plázában szombaton ezer ember volt. Judy szorosan megfogta a hadnagy kezét, de előtte megegyeztek, hogy ha véletlen elkeveredik, akkor a földszinten található információs pultnál találkoznak.

Judy egy pólót szeretett volna venni a barátnőjének, amin egy ló van, vagy valami lovakkal kapcsolatos dolog, mert Alisha imádta a lovakat. Betértek egy üzletbe, ahol kifejezetten gyerekruhák voltak. Judy nem talált semmi olyat, amit szeretett volna. Aztán üzletről üzletre jártak. A hadnagy türelmes volt. Végül egy eldugodt üzletben találták meg azt a pólót, ami Judy szerint nagyon illett a barátnőjéhez. Kimentek a plázából, és leültek egy padra szusszanni egy kicsit.

– Nem vagy éhes? – kérdezte a hadnagy.

– De igen. Kicsit elfáradtam ebben a vásárlásban. Nem is értem, hogy ez a sok ember hogy tud órákig itt lenni! Az oviban is voltak olyan lányok, akik állandóan csini ruhákban jártak, de

azoknak a szülei nagyon gazdagok voltak, a lányok meg nagyon
el voltak kényeztetve. Nem szerettem őket. Anya mindig arra
tanított, hogy egyszerű dolgokat vegyünk, egyszerű ételeket
együnk, és inkább értelmes dolgokkal foglalkozzunk. Mit eszünk?

– Szereted a kínait?

– Igen.

– Itt nem messze van egy nagyon jó büfé. Ismerem a tulajt.

– És mi történt vele? Gondolom, valami bűnügy kapcsán találkoztatok.

– Igen.

– És?

– Mi és?

– Fejezd be a mesélést, légyszi'!

– Miért érdekel ez téged annyira?

– Mert szeretném tudni, mit csinálsz egész nap. Érdekel.

– Kicsit kicsi vagy még hozzá.

– Ne már, megint ez a duma!

– Kisasszony! Hogy beszélsz?

– Bocsi – nézett Judy a hadnagyra ártatlan képpel, miközben felhúzta két vállát a feje mellé.

– Nos, olyan dolgokat derítek ki, amit rossz emberek követnek el, általában jó emberek ellen.

– Ez érdekesen hangzik. És mindig megtalálod a rossz embereket?

– Igen. Néha hamar, de néha napokba tellik.

– És nem unod még?

– Nem, mert sok rossz ember van, akik bántanak másokat
és szeretném, ha ez a sok rossz ember nem bántana soha többet senkit.

– És a kollégáid sem unják még?

– Nem tudok róla.

– A kollégáid nagyon aranyosak voltak a múltkor. Találkozhatok
még velük valamikor?

– Ezt megbeszéljük majd, de most már én is éhes vagyok,
úgyhogy menjünk enni!

– Az jó lesz, mert farkaséhes vagyok!

Tíz perc alatt a kínai büfénél voltak.

– Szia, Chung!

– Helló, Roger! Ki ez a kis hölgy? A tiéd?

– Ő Judy, egy jóbarátom.

– Helló, Judy!

– Helló!

– Mit tudsz ma adni nekünk? Nagyon éhesek vagyunk.

– Van a kedvenced, szezámmagos csirke, vagy adhatok ananászos csirkét, vagy bambuszrügyes-gombás csirkét.

– Szerintem a szezámmagosból és a bambuszrügyesből kérünk fele-fele arányban egy kis és egy nagy adagot.

– Rendben. Itt eszitek?

– Igen.

– Hm. Ez nagyon finom, Chung!

– Köszönöm.

– Mikorra kell a parkban lennünk?

– Egy fél óra múlva.

– Akkor igyekszem.

– Csak lassan, nem fogunk elkésni!

Judy tényleg éhes volt, mert minden ennivalót megevett. Egy morzsát sem hagyott.

Mikor kiértek a parkba, már sok gyerek ott volt. Tíz gyereket hívott meg Alisha a bulira. Judy mindegyikőjüket ismerte, együtt jártak óvodába. Mikor a gyerekek meglátták Judyt, hozzászaladtak egytől-egyig. Judyt sokan szerették, de az óvinénik azt mondták nekik, hogy elköltöztek. Most, hogy meglátták őt, kérdezgették, hogy hova költöztek, milyen az új ovi stb. Judy össze volt zavarodva, nem tudott mit felelni. Csak annyit tudott kinyögni, hogy jól van, és jól érzi magát. Aztán mentek játszani.

Smith hadnagyot Alisha anyukája bemutatta a többi szülőnek.

– Szerintem nem nagyon hallottatok róla, hogy Judy szülei meghaltak. A gyerekek azt tudják, de ezt biztos mesélték otthon, hogy Judyék elköltöztek. Smith hadnagy segítette át Judyt a nehéz időszakon, amin még nem biztos, hogy túl van. De Judynak új szülőkre van szüksége. Ha tudtok olyan családot vagy házastársakat, akik szívesen örökbe fogadnának egy ilyen kicsi lányt, szóljatok nekem, én meg közvetítem Smith hadnagynak.

– Akkor most Judy önnel van?

– Nem. Árvaházban van, csak néha elhozom onnan.

– Mi késztette önt arra, hogy vele legyen? – Ezek a kérdések ugyan váratlanul érték a hadnagyot, de mivel az újságírók is ilyen kérdéseket szoktak feltenni egy-egy bűnügy kapcsán, így nem rettent meg attól, hogy válaszoljon.

– Judy egy különleges lány, és megszerettük egymást. Ez kicsit furcsán hangzik, de Judy is ragaszkodik hozzám. Én a munkám miatt nem tudom őt örökbe fogadni, de ezt megbeszéltem vele.

– Judy tényleg különleges lány – szólt egy másik apuka. – Ramon vagyok, Eve apukája. Pszchiológusként és természetgyógyászként dolgozom, és ha megfigyeli Judyt és a gyerekeket, akkor láthatjuk, hogy sokszor ő a vezér, méghozzá úgy tudja manipulálni a gyerekeket, hogy azok észre sem veszik. Sőt megkockáztatom, hogy még Judy sincs tudatában ennek, ő ezt a viselkedést tartja természetesnek.Ezt nem rossz értelemben mondom, mert ismerem Judyt, és ismertem a szüleit valamennyire. Az ilyen emberekre szokták azt mondani, hogy angyali teremtés. Ezek az emberek vagy igazi szerelemben fogantak, vagy olyan helyen, ahol a természeti elemek különleges egységet alkotnak. Az ő aurájuk hihetetlen energiát tartalmaz. Sokszor az ember maga nem érti, hogy miért is van annyi energiája dolgokra, vagy miért fárad el olyan hamar. Ha megtanítjuk őt használni ezt az energiát, akkor egy nagyon boldog és kiegyensúlyozott embert kapunk, akinek mindig minden sikerül, kevés befektetett energiával.

– Ezt te most komolyan gondolod? – kételkedett az előbbi apuka, aki a kemény kérdéseket feltette. John volt a neve, és mint kiderült, tényleg újságíró volt a helyi lapnál.

– Igen, komolyan gondolom, de tudom, hogy téged csak a tények érdekelnek, engem viszont a tudományos magyarázatok.

– Hagyjátok abba! – szólt rájuk Alisha anyukája. – Ne hallgasson rájuk, hadnagy úr! Ha találkoznak, mindig ilyeneken vitáznak.

– Semmi gond. Hozzá vagyok szokva a kemény emberekhez.

Miközben a felnőttek beszélgettek, a gyerekek játszottak. Nemsokára Alisha anyukája szólt a gyerekeknek, hogy jöjjenek enni. Szaladt a sok gyerek. Leültek az asztalhoz. Azonban Judy hiányzott.

– Alisha, hol van Judy? – kérdezte az anyukája.

– Nem tudom. Bújócskáztunk, de nem találtuk őt meg.

– És akkor miért nem szóltál? – vonta kérdőre az apukája.

– Mert azt gondoltam, hogy magától előjön egy idő után.

– Mindenhol megnéztétek? Bokrokban, fákon? – kérdezte Smith hadnagy.

– Hát, nagyjából! – hangzott a bizonytalan válasz.

– Mikor és hol láttad Judyt utoljára?

– Valahol arra – mutattak a gyerekek szinte egyszerre az egyik irányba.

– Köszönöm.

– Segítünk keresni – ajánlották fel az apukák a segítségüket.

– Köszönöm, de van egy tippem először.

Smith hadnagy elindult a gyerekek által mutatott irányba, de pár apuka követte őt.

– Judy, légy szíves, bújj elő! Vége a játéknak!

Az egyik fáról mocorgás hallatszódott.

– Itt vagyok fent! Várj, lemászom!

– Mit keresel ott fent?

– Nagyon jó búvóhely!

– Végül is elég jó ahhoz, hogy a frászt hozd rám!

– Ne haragudj, légy szíves – válaszolt Judy, miközben mászott lefele. – Nagyon megijesztettelek?

– Igen. Egyáltalán hogy jutott eszedbe ilyen butaság, hogy oda felmássz? – mondta a hadnagy olyan hangsúllyal, hogy Judy kicsit megijedt. Nem hallotta még ilyen mérgesnek a férfit. Judy elkezdett sírni. Tényleg nem akarta megijeszteni a hadnagyot, csak tudta, hogy ott nem fogják bújócska közben keresni. – Na, gyere ide, kisasszony! – mondta csípőre tett kézzel a férfi.

Judy odament hozzá, és könnyes szemmel felnézett rá. A hadnagy azon gondolkodott, hogy ilyenkor mi a csudát szoktak mondani a szülők. Nem büntetheti meg a gyereket, mert nem az apja. Ha elmondja ezt az árvaházban, akkor lehet, hogy nem hozhatja el többet Judyt onnan, úgyhogy csak annyit mondott:

– Ilyet még egyszer ne csinálj, mert akkor soha többet nem találkozhatunk – nézett mélyen Judy szemébe. – Megértetted?

– Igen – bólogatott Judy.

Végül a hadnagy hallgatott a szívére is: leguggolt Judyhoz és magához ölelte. A kislány érezte, hogy most átlépett egy olyan határt, amit nem szabadott volna. Szorosan átölelte a hadnagy nyakát és a fülébe súgta: – Nagyon szeretlek, bocsáss meg nekem! – majd egy puszit nyomott a a férfi arcára.

A felnőttek csak nézték ezt a jelenetet és csodálkoztak: Judy olyan szeretetet és tiszteletet tanúsított a hadnagy iránt, amit ők szülőként sem mindig kaptak meg. Persze a hadnagynak könynyű: visszaviszi a gyereket az árvaházba és megy haza. Pedig ha tudták volna akkor, hogy mi játszódik le legbelül a férfiban, akkor valószínűleg nem gondolnak ilyeneket.

Mindenki megnyugodott, mikor a hadnagy visszatért Judyval, akin egy karcolás sem volt.

– Bocsánat, hogy így elbújtam.

– Csak kicsit megijedtünk – mondta Alisha anyukája. – Gyere, egyél a tortából!

Judy odaült a hadnagy mellé, ránézett, és szeméből még mindig a bocsánatkérés sugárzott ki.

– Egyél, mert lassan vissza kell indulnunk – mondta a hadnagy a megszokott nyugodt hangján.

Aztán Alisha kibontotta az ajándékokat. Mikor Judy ajándékához ért, Judynak hevesebben kezdett verni a szíve. Régen nem találkozott a barátnőjével, így csak remélni tudta, hogy jól választott. Alishán látszott, hogy tetszik neki az ajándék, és mosolyogva köszönte meg Judynak. Judy megszorította a hadnagy kezét, hogy most már minden oké.

– Elnézést, de nekünk muszáj indulnunk. Időben vissza kell érnünk – mondta a hadnagy.

Alisha és Judy szorosan átölelték egymást. Nem tudták, mikor láthatják viszont a másikat, így nehéz volt az elválás.

Judy nehéz szívvel szállt be az autóba. Jó volt viszontlátni a barátait. A hadnagy látta a szomorúságot a kislányon és tudta, mit érez.

– Egyszer minden jóra fordul, és ismét láthatod őket, ígérem neked – próbálta vigasztalni őt. Judy próbált erősnek látszani, de eleredtek a könnyei. A hadnagy szorosan magához ölelte.

– Ígérem, hogy mindent megteszek azért, hogy gyakran láthasd őket – mondta, miközben ő is elérzékenyült. Szerette volna Judyt mindig boldognak látni, de tudta, hogy ez nem rajta múlik.

Nehéz szívvel ment haza, miután visszavitte Judyt az árvaházba. Mintha kitéptek volna egy részt a szívéből. Ezeket a meccseket már többször lejátszotta magában, de mindig meggyőzte magát, hogy Judynak így lesz a legjobb. Mégis folyton úgy érezte, hogy mindig minden meccset elveszít, és sosem fog győzni.

– Jó lett volna, ha Judy nálunk alszik – mondta Alisha az anyukájának este.

– Majd egyszer itt alszik.

– És mikor?

– Azt nem tudom. Tudod, Judy most máshol lakik.

– Hol lakik?

– Egy olyan helyen, ahol sok gyerek van.

– Milyen gyerekek?

– Olyanok, mint ő, meg kicsit nagyobbak.

– Neki most akkor sok testvére van?

– Azok a gyerekek nem a testvérei.

– Akkor kik?

– Majd, ha nagyobb leszel, megérted. Most aludjál!

Anyukája betakarta Alishát, puszit nyomott az arcára és kiment a szobából. Hogyan mondhatná el egy ilyen kisgyereknek, hogy a legjobb barátnőjének meghaltak a szülei? Könnyes lett a szeme. Szíve szerint örökbe fogadta volna Judyt, de már volt három gyermeke, és ugyan a másik kettő már nagyobb volt Alishánál, 12 és 14 évesek, de úgy érezte, hogy egy negyedik gyerek nem férne most bele az életébe, bármennyire okos és értelmes

Judy. Két gyereket terveztek a férjével, Alisha véletlenül csúszott be, de nem bánta meg a dolgot.

Este Judy sem aludt el hamar. A hetek alatt megtanulta, hogyan lehet csendben sírni.

4.

Judyt örökbefogadják

Három hónap telt el azóta, hogy Judy árvaházba került. Egy pénteki nap kora délután megszólalt Smith hadnagy telefonja.

– Szia, Roger! Carmen vagyok.

– Szia!

– Van egy jó hírem. Egy nő és egy férfi járt nálam tegnap. Egy hasonló korú lányt szeretnének, mert a nő egy baleset következtében nem tud gyereket szülni. Mi lenne, ha a jövő hét hétfőre megbeszélnék egy találkozót velük, ahol te is ott lehetnél?

– Mindenféleképpen szeretnék ott lenni. Annyira már jól ismerem Judyt, hogy meg tudjam állapítani, hogy jó helyre kerül-e. Mit lehet tudni a férfiról és a nőről?

– A férfi pénzügyi szakember, pénzügyi elemzésekkel és befektetésekkell foglalkozik magas pozícióban. A nő meg tervezőként dolgozik egy építőipari tervezőirodában. Jó anyagi körülmények között élnek. Jártam már náluk, és mindent rendben találtam.

– Az jó. Kérlek, telefonálj, ha megbeszélted velük a találkozót!

– Mindenféleképpen szólok.

– Szia! – köszönt el a hadnagy.

– Szia!

Smith hadnagy várta a találkozót a szülőjelöltekkel. Ismerte Carment régóta, így bízott benne, hogy most is jól választott.

Másnap Carmen telefonált, hogy rendben a találkozó, hétfőn 9-re tudnak jönni a szülőjelöltek.

Hétvégén ismét találkozott Smith hadnagy Judyval. Nem akart még elárulni semmit a kislánynak, de azért tudnia kellett, hogy még mindig szeretne-e kikerülni az árvaházból.

– Még mindig áll az, hogy szeretnél nevelőszülőket? – kérdezte a hadnagy.

– Igen. Csak nem találtál valakit nekem?

– Vannak jelentkezők.

– És?

– Most csak ennyi, oké? Ha majd többet tudok, szólok.

– Oké – sóhajtott nagyot Judy. Szeretett volna többet megtudni, de látta a hadnagyon, hogy nem fog többet elárulni.

– Mihez lenne ma kedved?

– Egy finom sütihez és egy jó sétához az óceánparton, de azon a részen, ahol az óceán kövekbe ütközik.

– Vagyis a sziklás öbölrészen.

– Hát, valahogy úgy mondják, csak nem jutott eszembe.

– Rendben, akkor először irány a cukrászda!

Miután ettek egy finom sütit és ittak hozzá egy finom limonádét, kimentek az öbölbe, ahogy Judy kérte. A hadnagy leült egy szikladarabra, ami ülőkének pont megfelelt. Judy belehelyezkedett az ölébe.

– Szerinted találsz olyan szülőket nekem, akik hasonlóak lesznek, mint apa és anya volt?

– Ezt nem tudom megígérni, mert minden ember más és más.

– De én nem tudok más lenni. Én én vagyok. Akkor szerinted kell egy ilyen kislány, mint én, másoknak? És miért akarják idegen nők és férfiak más gyerekét felnevelni?

– Hogy jutnak ilyen kérdések az eszedbe?

– Mert a múlt héten is volt egy kisfiú, aki elment más szülőkhöz. Ezt hívják örökbefogadásnak? És akit örökbe fogadtak, az nem megy vissza többé az árvaházba? És lesz saját szobája? És ugyanabba az oviba fog járni, mint előtte? A régi ruháival és játékaival mi lesz?

Csak úgy záporoztak Judy kérdései. A hadnagy nem tudta, mit is válaszoljon.

– Akit örökbe fogadtak, az ott marad azoknál a szülőknél, akik elvitték magukhoz. Lehet, hogy lesz saját szobája, de lehet, hogy egy másik gyerekkel kell megosztania. Lesznek új ruhái, új játékai, új barátai. De az is lehet, hogy ugyanabba az oviba fog járni, mint azelőtt, mielőtt az árvaházba bekerült volna.

– Az én játékaimmal, ruháimmal mi lett? Miért nem mehettem vissza értük a szobámba? Nagyon szerettem a játékaimat és a ruháimat, de csak párat kaptam meg, mikor az árvaházba vittek. Nem kaphatom vissza őket? Odaadtátok másoknak? Anya mindig azt mondta, ha rendetlenséget csináltam, hogy ha nem szedem össze a játékaimat és nem teszem el a ruháimat, akkor elviszi és odaadja másoknak. Ennyire rossz voltam?

A hadnagy hirtelen nem tudott mit mondani. Úgy látszik, hogy Judyt nagyon felkavarta az örökbefogadás témája. Most is látszott a kérdéseiből, hogy szeretné megérteni, mi miért történik, és talán most fogta fel igazán, hogy nem a régi anyukája és apukája fog vigyázni tovább rá. De hogy értesse meg egy négy éves gyerekkel, hogy a régi életét, a régi játékait, ruháit nem kapja vissza sohasem? Hogy azok a szülők, akik majd hazaviszik magukkal egyszer, soha nem lesznek olyanok, mint az anyukája és az apukája volt, csak esetleg hasonlók, de attól még nagyon fogják szeretni őt? Ismert pár örökbefogadott gyereket, akik boldogok voltak, és remélte, hogy Judy is boldog lesz majd az új szüleinél.

– Nos, a kérdéseidre nem tudok igazán válaszolni. Nem voltál rossz kislány! Sőt, nagyon is jó voltál, de nem minden játékod és ruhád fér el az árvaházi szekrényedben, így a többi bekerült egy raktárba. Meg lehet szokni az új szülőket, akik ugyanúgy fognak szeretni majd téged, mint ahogy most én szeretlek. Próbáld meg azt elképzelni, hogy egy hosszú nyaralásra mész más emberekkel, akiket egyelőre nem ismersz.

– Az új szüleim is fognak szeretni engem?

– Igen. Csakis olyan szülők lehetnek apukák és anyukák, akik szeretik a gyerekeket. Azoknak a szülőknek, akik örökbe szeretnének fogadni gyerekeket, mindenféle vizsgálatokon kell keresztülmenniük. Azoktól, akik sokat bántják a gyerekeket, elveszik, és visszakerülnek az árvaházba. De nem kell félned, mert az örökbefogadott gyerekeket rendszeresen meglátogatják a gyámhivatalban dolgozó nénik és bácsik és mindig megkérdezik, hogy jól érzed-e magad az új szülőknél, és a szülőket is megkérdezik, hogy jól viselkedsz-e? Ha mégis valami gondod van, akkor szólsz nekem, rendben?

– Mikor tudom meg, hogy örökbe fogadtak?

– Majd szólni fogok! Szeretnél még tudni valamit?

– Csak annyi, hogy hiányozni fogok neked?

– Ez nem kérdés, kisasszony! Hiányozni fogsz, de ahogy ígértem, az új szüleiddel megbeszéljük, hogy néha találkozhassak veled. Rendben?

– Ühüm.

– Lassan indulnunk kell vissza.

– Akkor gyorsan sétálhatunk még egy kicsit a parton?

– Lassan is sétálhatunk, annyi időnk még van.

Úgy sétáltak, hogy Judy szorosan megfogta kis kezével a hadnagy kezét. A hadnagy érezte a kézfogásból és a tenyere forróságából, hogy Judy lelkében igen nagy háború dúl, fél az ismeretlentől. Ugyanezt érezte a hadnagy is. Mi lesz Judyval, hogyan fog tudni az új szülőkkel kijönni?

Hétfőn a hadnagy kicsit előbb érkezett a gyámhivatalba, mint 9 óra. Szeretett volna pár szót beszélni még a találkozó előtt Carmennel. Elmondta neki, mi történt hétvégén, milyen kérdéseket tett fel Judy. Carmen hallgatta a hadnagyot és csak annyit mondott, hogy szeretné, ha ezekről beszélne a hadnagy pár szót a szülőjelölteknek. Gyorsan megbeszélték, hogy miről kellene mindenképpen beszélni. Amint befejezték, szólt a recepciós hölgy, hogy megérkeztek a szülők.

– Szép jó napot! – fogadta Carmen a szülőket. – Carmen Cox vagyok. Velem beszéltek telefonon Judy Peterson ügyében. Ő itt Roger Smith hadnagy és azért van itt, mert ő találkozott Judyval elég sokat, így ismeri őt.

– Jó napot! Charles... vagyok, ő pedig a feleségem, Susan.

– Nos, én beszéltem önöknek Judyról, és láttak róla szakvéleményt. Az eddigiek alapján önök is megfelelnének az örökbefogadás feltételeinek. Szeretném azonban, ha meghallgatnák Smith hadnagyot is, és utána döntenének.

– Nos, Judy egy kicsit érdekes és különleges kislány – kezdte mondandóját Smith hadnagy. – Én eltöltöttem vele jó pár délutánt, és sokszor meg is látogattam az árvaházban. Ez lehet, hogy furcsán hangzik, de Judy is ragaszkodott a találkozóinkhoz. Judy egy nagyon segítőkész, azonban érzékeny kislány. Látta a szüleit meghalni, de nem fogta fel. Egyelőre nem is érti ezt a halál dolgot, ezért esetleg ebből lehetnek viselkedési gondjai, pl. düh vagy félelem. Ezt én már tapasztaltam nála, de segít neki egy nyugtató szó, egy ölelés, egy puszi, amiből érzi, hogy jó helyen van és nem bántja senki. Ugyanakkor nagyon okos kislány, logikusan gondolkodik, nyitott mindenfélére és gyorsan tanul. Olyan szülőkre van szüksége, akik engedik neki, hogy tanuljon, hogy képezze magát. Itt megjegyezném, hogy nagyon szép hangja van, de egyelőre csak akkor énekel, ha úgy gondolja, hogy nem hallja senki.

– Akkor ha jól értem, Judy a korához képest egy kicsit fejlettebb? – kérdezte Susan.

– Így is mondhatjuk.

– És lenne még egy fontos és furcsa kérésem: Judy és köztem jó barátság alakult ki. Én a munkám miatt nem tudom őt örökbefogadni, de szeretnék néha találkozni vele, akár egy hónapban egyszer, és eltölteni vele egy délutánt, vagy ha el szeretnének menni valahova kettesben, egy-egy estén szívesen vigyázok rá. Nem tudom, hogy megoldható-e?

– Természetesen – szólt közbe Carmen – ezt nem kell most eldönteniük. Menjenek haza, beszéljék át az új információk ismeretében a dolgot és ha döntöttek, szóljanak. Arra kérem önöket, hogy akkor is szóljanak nekem vissza, ha mégsem Judy az önök által elképzelt gyerek. Akkor keresünk másikat.

– Köszönjük – mondta Susan. – Hazamegyünk, és átbeszéljük még egyszer a dolgot.

– Rendben.

– Viszontlátásra!

– Viszontlátásra!

– Szetinted – kérdezte Carmen a hadnagytól – jó szülők lennének így első ránézésre?

– Szerintem igen. Bár kicsit olyannak tűnnek, mintha a nő szeretne gyereket, de a férfi nem igazán. Persze ez még változhat.

– Várjunk pár napot és meglátjuk! Szólok, ha telefonáltak.

– Rendben. Köszönöm, hogy itt lehettem. Megyek dolgozni. Szia!

– Szia!

Két nap múlva csörgött a hadnagy telefonja.

– Igen, tessék!

– Szia! Carmen vagyok. Van egy jó hírem. Judyt az a házaspár szeretné örökbe fogadni, akikkel te is beszéltél.

– Ez remek. Mikortól szeretnék magukhoz venni?

– Azt mondták, hogy akár már hétvégén szívesen magukhoz vennék. Mondtam nekik, hogy akkor soron kívül megcsinálom a papírmunkát.

– És beleegyeztek a kérésembe is, hogy néha találkozhassak Judyval?

– Igen. Azt mondták, hogy a havi egy hétvégi nap nem akadály.

– Akkor beszélek Judyval, ha megengeded.

– Persze, ez természetes.

– Remek. Remélem, Judy örülni fog a hírnek.

– Én is remélem. További szép napot!

– Neked is.

Miután a hadnagy letette a telefont, kicsit furcsa érzése támadt: Judynak lesznek új szülei, ő mégis ürességet érzett a szívében. Vajon Judy hogyan fogja fogadni a hírt? Hogyan fogja neki megmondani? Sosem szokott ilyen bizonytalan lenni. Végül arra a döntésre jutott, hogy lesz, ami lesz, délután elmegy hozzá és elmondja neki a hírt.

Délután négy után elment az árvaházba.

– Szia! – üdvözölte kitörő örömmel Judy a hadnagyot.

– Szia, kisasszony! Szeretnék beszélni veled! – Judy érezte a hadnagy hangján, hogy valami fontos dologról van szó.

– Baj van?

– Nincs baj. Épp ellenkezőleg, jó hírem van.

– Van egy néni és egy bácsi, aki szeretne örökbefogadni téged. – Judy nem lett ettől túl lelkes. – Nem lettél lelkes.

– Nem igazán tudom, hogy most ennek örülni kellene-e? Sikerült megbeszélned velük, hogy találkozhatunk néha, vagy már sosem foglak látni? – kezdett Judy szeme könnybe lábadni.

– Megbeszéltem velük és beleegyeztek.

– Az jó. – Judy hangja most is csalódottnak tűnt. – És mikor jönnek értem?

– A hétvégén.

– És te beszéltél velük?

– Igen.

– Szerinted szeretni fognak engem?

– Szerintem igen. Téged nem lehet nem szeretni.

– Ezt most csak azért mondod, hogy boldogabb legyek. De félek egy kicsit.

– Tőlem féltél, amikor először találkoztunk?

– Egy kicsit.

– Ez őszintén hangzott. Köszönöm. Elmondom, mi lesz. Idejönnek érted szombaton és elvisznek magukhoz. Addigra össze kell, hogy csomagold minden ruhádat, játékodat, fogkefédet. Olyan lesz, mintha elutaznál egy hosszú időre, és mindent, ami fontos, magaddal kellene vinned.

– Te nem férsz be a hátizsákomba! – A hadnagy először nem tudta, mire gondol Judy, de mikor rájött, elmosolyodott és csak annyit mondott:

– Igazán megtisztel, kisasszony.

Erre Judy is felnevetett.

– Van még pár napod felkészülni: lesz szép új szobád, új ágyad, új ruháid. Biztos lesznek új barátaid is. Szerintem nagyon jó dolgod lesz.

– Hm. Gondolod?

– Nem gondolom. Tudom. Higgy nekem! És ha majd találkozunk, biztosan lesz mit mesélned, hogy milyen jó dolgod van.

– Hát jó! A hercegnő új kastélyba költözik – és Judy úgy csinált, mint a hercegnők: meghajolt, pukedlizett és integetett. A hadnagy jót nevetett a gyerek találékonyságán.

– Ez milyen meséből van?

– Semmilyenből. Én találtam ki.

– Akkor, kedves hercegnőm, nekem most sajnos el kell lovagolnom.

– Kár. De van egy kis bibi, hadnagy úr. – a férfi hirtelen megállt, nem tudta, mire gondoljon. – A hercegek fehér lovon jönnek, neked meg szürke lovad van. Ez nem stimmel. – A hadnagy mosolyogva puszit nyomott a kislány homlokára és elindult a laborba.

Péntek este Judy nagyon izgatott volt. Holnap jönnek érte az új szülei. Nem találkozott velük még csak egyszer, amikor tegnap eljöttek bemutatkozni. Nehezen tudott elaludni is. Próbálta elképzelni, hogy milyen lesz az új szobája. Eszébe jutott a régi szobája, és kicsit elszomorodott. Hiányozni fog minden. Még az itteni gyerekek is hiányozni fognak. A hadnagy szavai jutottak eszébe: *hidd el, hogy jó dolgod lesz.* Bárcsak igaza lenne!

Másnap reggel korán ébredt. Csöndben és gyorsan megmosakodott, átöltözött. Körülnézett, hogy mindent eltett-e, majd kiment inkább a folyosóra, nehogy idő előtt felébressze a többieket.

– Hát te mit keresel itt ilyen korán? – kérdezte az egyik dadus.

– Nem tudok aludni. Ma jönnek értem az új szüleim.

– Igen, tudok róla. Ez tényleg izgalmas. Gyere, akkor segíts nekem! Úgy gyorsabban telik az idő.

Az idő tényleg gyorsabban telt így, és Judy el is feledkezett arról, hogy izgul. Reggeli után segített még a konyhán, mikor bejött Ms. Breslav és szólt neki, hogy megjöttek a szülők. Judy az izgalomtól majd' kiejtette az egyik tányért a kezéből.

Elindult Ms. Breslav után. Mikor kiért az előtérbe, meglátta a nőt és a férfit. A nő annyi idős lehetett, mint anya volt. Kb. 165 cm magas, barna hajú, barna szemű, vékony, de izmos testalkatú. Valószínűleg sportolt gyerekkorában. A férfi kicsit idősebb volt. 175 cm magas lehetett, barna hajú, zöld szemű. Nem volt sem bajusza, sem szakálla. *Hála a jó égnek*, gondolta Judy. Utálta a szakállas vagy bajuszos embereket, mert szúrta az arcát, ha puszit adtak. Voltak a volt barátai apukái között bajuszos emberek, így volt tapasztalata. A férfi kisportolt testalkatú volt. Majd kideríti, mit sportol.

– Szia, Judy! – köszönt a nő mosolyogva. – Egyszer már találkoztunk. Susan vagyok.

– Szia! – köszönt vissza Judy kicsit feszengve.

– Szia! Én meg Charles vagyok! – de a férfi csak próbált mosolyogni, ami nem igazán sikerült.

– Hol vannak a holmijaid? – kérdezte Susan.

– Mindjárt hozzuk őket – válaszolt Evelyn, és kézen fogva Judyt elmentek a táskájáért.

– Szerintem a férfi nem nagyon akar engem – mondta Judy
Evelynnek, miközben még egyszer ellenőriztek mindent.

– Ezt miből gondolod?

– Olyan furcsán mosolygott.

– Szerintem csak ő is izgul. Tudod, a férfiak máshogy gon-
dolkodnak egy gyerekről, mint a nők.

– De ez Roger esetében nem igaz!

– Roger más. Neki eleve ilyen a természete. De ha jól tudom,
akkor a férfi pénzügyekkel foglalkozik. Azok az emberek, akik
pénzzel foglalkoznak, kicsit merevebbek, kevesebbet mosolyog-
nak. De te biztosan meg tudod majd nevettetni őt.

– Gondolod?

– Remélem, sikerülni fog! Szerintem minden megvan, úgy-
hogy mehetünk. Ha mégis itt maradt valami, akkor elviszem
majd neked – mosolygott Evelyn, miközben kézen fogta Judyt. –
Ne izgulj, minden rendben lesz!

Könnyű volt azt mondani, hogy minden rendben lesz. Mikor
kezdte végre megszokni az árvaházi életet, mehet egy ismeret-
len helyre, és kezdheti elölről az egészet.

– Mehetünk? – kérdezte Susan.

– Mindent összepakoltunk, amije itt volt.

– Köszönjük.

– Hát, akkor most el kell mennem – fordult Evelyn felé Judy.

– Vigyázz magadra, kicsi lány! Érezd jól magad az új helyen!

– Köszönöm. Szia! – Judy búcsúzóul egy puszit nyomott
Evelyn arcára.

Miután elmentek, Evelyn állt még pár percig az előtérben Ms.
Breslav-val együtt. Valahogy mindketten megszerették ezt a pici
lányt, aki most elment. Látták már Ms. Breslav-t elérzékenyül-
ni és nevetni is, de Evelyn látta, hogy mintha most ennek a pici
lánynak a távozása jobban megérintette volna őt. Mindketten
remélték, hogy jó helyre került.

Evelyn felhívta Rogert, hogy elmondja neki, hogy Judy el-
ment az új szüleivel. A férfi megköszönte és letette a telefont.
Furcsa érzés futott át rajta. Tudta, hogy Judy jó helyre került,
de a szíve megtelt szomorúsággal. Maga sem gondolta volna pár

hónappal ezelőtt, hogy képes lesz bármikor is annyira megsze-
retni ezt a pici lányt, hogy hiányozzon neki. Ma lett volna az a
nap, mikor ismét eltöltenek együtt egy délutánt a parkban Judy
barátaival. Úgy döntött, hogy kimegy a parkba és szól Alishának,
hogy Judy nem tud egy darabig kijönni.

5.

Judy új otthona

Judyék hamarosan megérkeztek a házhoz. Nem volt messze a belváros szélétől, mégis kertvárosi hangulat volt és csend. Egy nagy háznál álltak meg. A ház előtt egy nagy füves rész volt, szépen rendben tartva. Judynak ez nem volt újdonság: ahol régen lakott, apa ott is mindig szépen nyírta a füvet.

A házba lépve Judy eltátotta a száját, a szíve hevesen vert. Mintha a régi otthonába lépett volna be, annyira hasonlított a ház belseje a régi házukhoz. De mégis más volt: nem volt benne apa és anya. Jobban megnézve a bútorok sem voltak ugyanazok, és a helyiségek elosztása is kicsit más volt. A falakon festmények lógtak, a nappaliban egy nagy zongora állt. A padló csillogott-villogott. A konyhai eszközök katonás rendben. Koszt nem igazán látott. Bár, gondolta magában, lehet, hogy miatta van csak ilyen rend és tisztaság. Anya is akkor takarította szép fényesre a bútorokat, ha vendégek jöttek. Jó, nem volt kosz náluk soha, de ennyire nem csillogott semmi.

Útközben nem nagyon beszélgettek. Érezni lehetett a nőn és a férfin is, hogy számukra is furcsa még ez a helyzet.

– Itt lakunk, és itt fogsz lakni te is – szólalt meg Susan. – Gyere, megmutatom a szobádat meg a többi helyiséget.

Egy lépcsőn mentek fel, ami az ajtótól jobbra vezetett fel az emeletre, de előtte egy kis előtéren kellett keresztülmenni. Az előtérből egy kis szoba nyílt.

– Ez Charles dolgozószobája, ide mi nem mehetünk be.

– Miért nem? Te sem mehetsz be?

– Nem, csak ha Charles bent van a szobában. Ott dolgozik sokszor, és fontos papírok vannak ott.

– Értem. – Közben haladtak felfelé a lépcsőn. Az emeleti részen jobbra fordulva volt egy kis folyosó, annak a végén helyezkedett el a gyerekszoba, a lépcsőtől balra pedig a szülők szobája. A kettő között volt a fürdőszoba és a beépített szekrények.

– Ez lesz a te szobád! – léptek be a helyiségbe. A szoba nem volt túl nagy, de túl kicsi sem, pont elegendő volt egy gyerek számára. A szobában helyet kapott egy ágy, egy íróasztal, hozzá egy szék, és volt egy kis éjjeliszekrény, valamint a falba beépítve egy gardrób a ruháknak és a játékoknak. Az egyik sarokban volt egy babzsák is. Judy annak örült a legjobban, mindig szeretett volna egy ilyen fotelt. Bele is ült, és ahogy belehuppant, kicsit eltünt a nagy zsákban. Susan elmosolyodott a kislány láttán.

– Azt hiszem, ez még nagy egy kicsit neked.

– De azért itt maradhat? Kényelmes.

– Persze, maradhat, ha szeretnéd.

– Szuper.

– Segítek kicsomagolni.

– Köszönöm.

– Készen vagyunk. Nemsokára ebédelünk is. Itt hagylak akkor egy kicsit, jó?

– Persze.

Mikor Susan kiment a szobából, Judy megint belehuppant a babzsákba. Körülnézett a szobában. Ez lesz az új otthona. Egyelőre furcsán érezte magát itt. De, ahogy Roger mondta, majd megszokja. Felállt és odament az ablakhoz. Kinézett rajta. Az utcára nyílt, így jól látta a környéket. Gyerekek bicikliztek az utcán. Észrevették őt az ablakban és összesúgtak.

Integetett nekik. Remélte, hogy sikerül összebarátkozni velük. Majd megkérdezi Susant, hogy ebéd után kimehet-e?

– Judy, gyere ebédelni! – nyitott be Susan az ajtón.

– Megyek. Ebéd után kimehetek játszani? Láttam pár gyereket az ablakból.

– Megbeszéljük.

– Segítek ebéd után, ha az a feltétele, hogy kimehessek.

Susan meglepődött ezen a kijelentésen. Erre nem számított. Már most kedvelte a kislányt, pedig alig pár órája volt náluk.

Az asztalon finom illatú leves gőzölgött.

– Finom illata van!

– Húsleves. Szereted?

– Igen. Jó étvágyat! – mondta Judy.

– Jó étvágyat! – válaszolt vissza Charles, meglepődve a gyerek jólneveltségén. Charles nem sokat beszélt eddig, de most kíváncsi lett a kislányra. – Ha jól hallottam, az árvaházban sokat segítettél a konyhán, meg a kicsiknek.

– Igen. Szeretek az embereknek segíteni. Ha jól tudom, ön meg pénzzel segít az embereknek. – Halvány mosoly jelent meg Charles arcán a gyerek őszinteségén.

– Igen. Jól hallottad.

– És az mit jelent?

– Szerintem még kicsi vagy ehhez.

– Annyit tudok már, hogy ha valaki kap fizetést, akkor azt be kell osztani. Ki kell fizetni a villanyt, amivel főzöl, a pénzből tudsz ennivalót, ruhát venni. Ami megmarad, abból el tudsz menni moziba vagy nyaralni.

– Hm. Érdekes gondolat, de amivel én foglalkozom, az egy kicsit bonyolultabb. De most egyél, mert kihűl az ennivalód!

– De nem jól gondolom?

– Te mindig ilyen sokat beszélsz evés közben?

– Nem. Csak most jutnak eszembe a gondolatok.

– Akkor maradjunk abban, hogy most csendben eszel, és utána beszélgetünk.

– Rendben. Nagyon finom a leves.

– Azt kértem, hogy csendben – szólt egy kicsit erélyesebben Charles. Judy megrettent egy kicsit, Susan pedig megrovóan nézett a férjére az erélyes hangnem miatt. Judy az ebéd végéig csendben volt.

Ebéd után Judy segített Susannak leszedni az asztalt. Charles meg is jegyezte, hogy milyen házias. Judy erre csak annyit mondott, hogy az anyukájának is sokat segített. Charlesnak ez nagyon tetszett, de melyik férfi nem szereti, ha két nő is kiszolgálja?

– Susan! Kimehetek játszani?

– Persze, menjél csak. Köszönöm a segítséget!

– Szívesen.

Judy felvette a cipőjét és kilépett az ajtón. Senki nem volt az utcán. Úgy látszott, mindenki ebédel most. A ház előtt volt egy kis terasz, a teraszon egy hintaágy, egy asztal, az asztal mellett pedig négy szék. Judy beleült a hintaágyba. Pár perc múlva Susan jelent meg a teraszon. Úgy gondolta, hogy kicsit jobban meg kellene ismernie a kislányt, ha már egyszer örökbe fogadták. Charles ilyenkor pihenni szokott vagy dolgozni. Leült Judy mellé.

– Hogy tetszik a környék?

– Szép. Hasonló környéken laktunk mi is.

– És a ház?

– Az is szép. Elmondod nekem, hogy mik a szabályok?

– Milyen szabályokra gondolsz?

– Hát, hogy mikor kell fürödni menni este, mikor kell lefeküdni, mikor szoktatok felkelni, meg ilyenek. Mindenhol vannak szabályok.

– Ja, olyan szabályokra gondolsz. Értem. Nos, mi általában fél 11 körül lefekszünk, mert reggel hétkor kelünk, hogy beérjünk a munkahelyünkre. Hétvégenként este szoktunk tévét nézni vagy elmegyünk moziba. De ha te oviba jársz majd, akkor neked este 9-kor ágyban a helyed. Legalábbis én így gondolom. Egy kicsi lánynak, mint te, eleget kell aludni.

– Az nem gond, mert az árvaházban is kilenckor volt villanyoltás a kicsiknek, a nagyoknak fél tízkor.

– Akkor ebben egyetértünk.

– És mi van akkor, ha félek éjszaka? Még ismeretlen itt minden.

– Ez jó kérdés volt. Átjöhetsz a mi szobánkba, bekopogsz és meglátjuk.

– Rendben.

– Tanulhatok majd zongorázni is? Tanultam már.

– Ezt meg kell beszélni Charlesszal. Ő szokott zongorázni néha, de mostanság nem használja.

– És melyik oviba fogok járni?

– A Szent Ágostonba.

– Akkor nem a régi ovimba?

– Nem.

– És miért nem járhatok oda?

– Mert az innen kicsit messze van.

– De néha kimegyünk a parkba, hogy találkozhassak a régi barátaimmal?

– Ezt is megbeszéljük majd. Még csak most jöttél, de már mennyi mindent szeretnél! – mosolygott Susan. Tetszett neki Judy élénksége.

– Hát, én ilyen vagyok. Nagy baj?

– Nem hiszem.

– Akkor jó – mosolygott Judy Susanra.

Amíg beszélgettek, a szomszédok is előjöttek a házaikból. Az előttevaló napokban értesültek már arról, hogy Susan és férje örökbe fogadnak egy kislányt. Szombat volt, így nagyon sokan otthon voltak. Valószínűleg a gyerekek az utcáról vitték a hírt a szülőknek. Mikor a szomszédok meglátták Susant a teraszon Judyval, azonnal tudták, hogy ő az a bizonyos kislány. Kíváncsiak voltak rá, így Susanék háza előtt hamarosan egy kisebb kíváncsiskodó csoport alakult ki. Kb. 10 házból jöttek át a szomszédok.

– Nos, úgy látom, sokan kíváncsiak rád – mondta Susan Judynak kicsit cinikus hangon, mosolyogva. – Szerintem menjünk, és essünk túl a bemutatkozáson.

– Rendben. – Judy dobogó szívvel szállt le a hintaágyról. Eszébe jutott az első nap az árvaházban, ahol szintén mindenki kíváncsi volt rá, mint új lakóra. Biztatta magát, hogy ez is egy ilyen nap.

– Sziasztok! – köszönt Susan a szomszédoknak. – Bemutatom nektek Judyt, aki mostantól nálunk fog lakni.

– Szia! Szia! – hangzott mindenfelől az üdvözlés.

Mindenki bemutatkozott, elmondták, hogy ki melyik házban lakik. Judy csak kapkodta a fejét a sok ember között. Nagyon sok név hangzott el, de biztatta magát, hogy majd idővel megjegyzi őket. Ki is találta, hogyan. Este meg is csinálja.

Egy házaspárt nagyon szimpatikusnak talált már most. Két gyerekük volt, két fiú. Az egyik vele egyidős lehetett, a másik hét év körüli. Ha jól jegyezte meg a nevüket, a kicsit Jimnek, a nagyobbat Peternek hívták. Voltak majdnem vele egykorú lányok is, úgyhogy lesznek barátai. Egy kicsit elmehetett játszani a gyerekekkel, de hamar eltelt az idő, így be kellett menni a házba vacsorázni, aztán fürödni.

Este fürdéskor Judy énekelni kezdett. Charles felfigyelt erre – az ő füle hamarabb észrevette a zenét, valószínűleg azért, mert gyerekkorában tanult zongorázni. Odasettenkedett az ajtóhoz és hallgatózott. Szépnek találta Judy hangját. Úgy belemélyedt a hallgatásba, hogy nem vette észre, mikor Judy kinyitotta az ajtót. Mikor Judy meglátta Charlest, felsikított, úgy megijedt. Susan kisietett a szobájukból, hogy mi történt.

– Ne haragudj, nem akartalak megijeszteni, csak hallottam, hogy énekelsz. Nagyon szép hangod van. Kitől tanultad ezeket a dalokat? – kérdezte Charles.

– Senkitől. A rajzfilmekben hallottam.

– Hm. Jó éjszakát! – mondta Charles, majd bement a szobájába, otthagyva Judyt a folyosón egyedül.

Susan megnyugodott, hogy nincs semmi baj. Lefektette a kislányt. Este villanyoltás után Judyt kicsit elfogta a félelem és a magány. Jó volt egy saját szoba, de azért hiányoztak a barátok az árvaházból. Sokáig nem tudott elaludni, így felült az ablakpárkányra. Szerencsére olyan széles volt, hogy elfért rajta, és még a lábát is fel tudta tenni. Magához szorította a hadnagytól kapott tigrist, és kinézett az ablakon. Telihold volt. Judy úgy érezte, mintha ránézne és azt sugallná, hogy minden rendben van.

Eközben Smith hadnagy is hazaért a munkából. Ma találkozott volna Judyval. Hiányzott neki a kicsi lány. Olyan üresnek érezte magát belül. Kiment a teraszra, felnézett a Holdra és hangosan annyit mondott:

– Jó éjt, kicsi lány!

Evelyn is kinézett az árvaház ablakán. Judyra gondolt ő is. Remélte, hogy jól érzi magát.

Mintha Judy mindezt megérezte volna, az ablakban ülve ő is Smith hadnagyra és Evelynre gondolt.

– Jó éjt, hadnagyom! Jó éjt, Evelyn! – és pár könnycsepp gördült végig az arcán.

6

Judy megismerkedik a szomszédokkal
Judy az óvodában

Másnap Judy nyolc óra körül ébredt. Finom illatok áradtak felfelé: Susan palacsintát készített reggelire. Gyorsan kiszaladt a fürdőszobába, megmosakodott, fogat mosott, felöltözött, és leszaladt a lépcsőn.

– Lassabban, kisasszony! Még összetöröd magad! – szólt rá Charles, bár most inkább egy kis féltés hallatszott a hangjából.

– Elnézést – állt meg megszeppenve Judy.

– No, nincs baj – szólalt meg Susan –, csak legközelebb lassabban közlekedj!

– Rendben. Csak a hasam a finom illatok miatt gyorsaságra késztette a lábaimat. Nem fordul elő többet.

– Remélem is! Egyébként jó reggelt! – szólt Charles, mint aki figyelmeztetni akarta Judyt az illemre.

– Bocsánat! Jó reggelt!

– Ülj le és egyél – mondta kedvesen Susan.

– Köszönöm.

– Úgy gondoltuk Charlesszal, hogy ma elmegyünk vásárolni neked pár ruhát, mert holnaptól oviba fogsz járni. Ha jól láttam, nincs túl sok ruhád, és azok is elhasználódtak. – Judynak nem esett igazán jól ez a pár szó, mert szerette a ruháit, de annak is örült, hogy kap új ruhákat.

– De azért megtarthatom a többi ruhámat is?

Susan Charlesra nézett. Charles szerette, ha a felesége szépen öltözik, és ezt elvárta a kislánytól is.

– Ezt megbeszéljük majd.

– Ha befejezted a reggelit, akkor indulunk is.

– Köszönöm a reggelit, finom volt.

– Egészségedre.

Beültek az autóba és elmentek a plázába. Judy nem szerette a plázát, ezt már a hadnagynak is mondta. Túl sok ember volt ott, és mint az őrültek vásároltak. Jobban szerette a kisebb boltokat, ahol ugyanazokat a ruhákat lehetett megkapni, mint a plázában, csak kicsit olcsóbban. De nem tehetett mást, most Susan és Charles a szülei, és apa mindig azt mondta, hogy a felnőtteknek szót kell fogadni. Üzletről üzletre jártak. Itt is, ott is vettek ruhát, cipőt, fehérneműt, még pizsamát is. Judy úgy érezte néha magát egy-egy ruhában, mint egy cicababa, legalábbis anya mindig így hívta a hivalkodóan öltözködő nőket. Ő jobban szerette az egyszerűbb ruhákat, ami ha piszkos lett, akkor anya nem szidta le. *Mi lesz ennek a vége*? – gondolta magában Judy. – *Remélem, nem valami elit óvodába kell mennem!*

Alisha mesélt egyszer ezekről az ovikról, hogy oda a gazdag szülők gyerekei járnak, és a gyerekek azon versenyeznek, ki tud szebb ruhában járni. Judy nem akart ilyen oviba járni, márpedig ha jól emlékszik, pont annak az ovinak a nevét mondta tegnap Susan, amit Alisha is emlegetett. Judy tanulni akart, okosodni, de az ilyen gazdag gyerekek általában buták. Ismert egy pár ilyen gyereket abból az utcából, ahol régebben lakott.

Mikor hazaértek, már késő délután volt. A plázában ebédeltek. Érdekes, ez nem zavarta Charlest. Judy nem tudott kiigazodni Charleson. Hol próbált kedves lenni hozzá, hol meg egyszerűen levegőnek nézte, legalábbis ez volt Judy érzése. Susan más volt. Ő kedves volt hozzá már az első pillanattól kezdve, és az is maradt. Mégis volt benne is valami furcsa: mintha félt volna Charlestól, pedig láthatóan szerették egymást. Charles mindig kedves volt Susanhoz.

– Kimehetek játszani a többi gyerekkel?

– Menjél – mondta Susan

Mikor Judy kiment, Susan a férjéhez fordult.

– Kérlek, próbálj meg kedvesebb lenni hozzá. Kicsi még.

– Tudod, hogy én azóta nem akartam gyereket, de a kedvedért megpróbálok kedves lenni.

– Ami történt, megtörtént. Nem tudjuk visszacsinálni. De én kedvelem ezt a kislányt. Nagyon okos és szófogadó. Majd én beszélgetek vele sokat, de arra kérlek, hogy ha kérdez téged, akkor válaszolj neki úgy, mintha érdekelne, amit mond. Nem arra kérlek, hogy imádd őt, csak ne éreztesd vele, hogy nem örülsz annak, hogy itt van. Ketten döntöttük el, hogy örökbe fogadunk egy gyereket, ketten vagyunk felelősek érte.

Charles tudta, hogy Susannak igaza van. Megpróbálja megkedvelni ezt a kislányt Susan kedvéért. A baleset óta nagyon bezárkózott, még Susannak sem volt hajlandó beszélni évekig gyerekről. De mivel Susan nagyon szeretett volna gyereket, így emiatt nem akarta őt elveszíteni.

Judy estig kint maradhatott, míg be nem sötétedett. Megismerkedett a környékbeli gyerekekkel. Susan is utánament, és a szomszédokkal beszélgetett. Judyt hamar befogadták a gyerekek maguk közé. Már most megtanulták, hogy igazságot tud tenni, ha összekapnak. Ezt a szülők is észrevették, de nem tűnt úgy, mintha bánnák a dolgot. Sokszor volt verekedés fiúk és lányok között, és a szülők sokszor unták a kibékítéseket. Volt valami különös a kislányban, ami a gyerekeket szelíd játékra késztette. A szülők is érezték ezt, főleg az anyák a hatodik érzékükkel, s ezt jó értelemben kell érteni. A szülők többsége már most megkedvelte Judyt.

Fürdés után Judy lement elköszönni Charlestól. Kezdte érezni, hogy Charles nem kedveli őt, de nem tudta, miért. Majd megkérdezi Susant egyszer, ha lesz bátorsága hozzá. Mindenesetre megpróbált kedves lenni hozzá, hátha Charles egyszer megkedveli őt.

Lefekvés után, miután Susan kiment a szobából, Judy ismét odaült az ablakpárkányra. Nézte a környéket, visszagondolt a délutáni játékra és arra jutott, hogy mégsem lesz itt olyan rossz. Csak Charlesszal kell megtalálni a közös hangot.

Másnap Susan korán keltette Judyt, legalábbis a fél hét korán volt. Judy nagyon álmos volt még, sikerült is a szobájából kifelé menet nekimennie az ajtófélfának. *Hát ez jól kezdődik*, gondolta magában. Már az első nap puklival a homlokán megy az új oviba. *Ennél már nem is lehetne rosszabb* – Anya legalábbis mindig ezt hajtogatta, ha valami nem úgy sikerült, ahogy szerette volna.

Reggelinél Charles észrevette a puklit a homlokán.

– Mit csináltál?

– Útban volt az ajtófélfa. – Erre Charles elmosolyodott egy kicsit. *Na végre*, gondolta Judy, *az első mosoly. Fog ez menni!*

– Tettél rá hideget?

– Nem.

– Gyere, adok rá jeget! Így ni! Nemsokára nem fog látszani.

– Köszönöm – mosolygott Judy Charlesra.

Susan nem hitte el, amit hallott. A lenti fürdőben készülődött, onnan hallgatta a beszélgetést. Úgy látszik, jót tett a tegnapi beszélgetés a férjével. Remélte, hogy a jövőben is így marad a kettejük kapcsolata.

Charles és Susan együtt vitték első nap Judyt az óvodába.

Susan segített kiszállni a kocsiból, majd mindhárman bementek az oviba. Judynak hevesen dobogott a szíve. Az óvoda szép volt, mindenhol festmények, rajzok voltak a falakon, hasonlított a régi óvodájára, Judynak mégis volt valami megmagyarázhatatlan furcsa érzése. Valami nem stimmelt ezzel az ovival. Az óvónéni kedvesen fogadta őt.

– Szia! Te vagy Judy, ha jól tudom.

– Jó reggelt! Igen, én vagyok!

– Kate vagyok, én leszek az óvónénid. Gyere, bemutatlak a gyerekeknek.

Judy Susanra nézett, aki bátorítón visszanézett rá.

– Menj! Érezd jól magad! Délután jövök érted!

– Rendben. Sziasztok! – Charles csak nézett Judy után, de nem szólt egy szót sem.

– Gyerekek! Bemutatom nektek Judyt. Ő mostantól hozzánk fog járni.

– Sziasztok!

– Szia! – hangzott mindenfelől, majd az előbbi gyerekricsaj tovább folytatódott.

Csak éljem túl ezt a mai napot!, gondolta Judy. Itt nagyobb ricsaj van, mint az árvaházban volt. Csak állt egy darabig az ajtónál, majd egy kislány odament hozzá és hívta játszani. Elment vele. Anya mindig azt mondta, hogy ha csinálunk valamit, akkor gyorsabban telik az idő. Így is volt, hamar jött az ebéd, majd a csendes pihenő, majd az udvari játék, végül Susan eljött érte.

Éljen! Túl vagyunk az első napon, gondolta Judy hazafelé.

– Hogy érezted magad az oviban?

– Jól – válaszolt Judy.

– Bővebben?

– Iszonyú ricsaj volt. Mindenki hangosan beszélt. Kicsit megfájdult a fejem.

– Akkor ma korán lefekszel.

Judy nem akart többet beszélni az oviról. Már az első nap nem tetszett neki. Valahogy az óvónéni kedvessége is furcsa volt. Nem volt őszinte.

Apa mindig frászt kapott Judy megérzései miatt, főleg azért, mert a megérzései az esetek 95%-ában jók voltak. Apa nevetve mindig azt mondta erre, hogy biztos boszorkány, mire anya jól letorkollta ezért.

Judy korán ment aludni, illetve aludt volna, ha tudott volna. Valami nagyon nem stimmelt az ovival. Ha legközelebb találkozik a hadnaggyal, akkor megkéri, hogy nézzen utána. Vannak a hadnagynak számítógépei, azokból biztosan ki tud olvasni valamit. Ami furcsa volt Judynak már első nap – és amit jól mondott Alisha –, hogy minden gyerek szép ruhában volt. De olyan csilivili szép ruhákban. Erre mondta Alisha, hogy a gazdag családok gyerekei járnak ilyen ovikba. Akkor most ő is ilyen gyerek lett? Ezért kapott szép ruhákat meg cipőket? Elszörnyedt. Nem, nem! Ő nem akar ilyen elkényeztetett gyerek lenni! Mit lehet ez ellen tenni? Alisha és a többi régi barátai is mind egyszerű gyerekek voltak, csilivili ruhákat csak akkor vettek fel, ha ünnepség volt. Kezdett nagyon szomorú lenni. Magához ölelte a tigrist, amit a hadnagytól kapott, és elkezdett sírni. Miért nem kerülhetett egy szegényebb családhoz? Ha sikerül a hadnaggyal találkoznia, akkor ezt is megkérdezi tőle. És akkor itt van még Charles. Miért viselkedik furcsán? Van valami titka, az biztos. Végül álomba sírta magát.

Reggel nehezen ébredt. Nem is akart felkelni. Nem akart óvodába menni. Susan sürgette őt, mivel lassan reggelizett, hogy indulniuk kell, mert Susannak fontos megbeszélése lesz. Kedvetlen volt egész nap. Az óvónéni többször megkérdezte, hogy jól van-e, de ő mindig azt válaszolta, hogy igen, csak még furcsa az új ovi. Egész nap azon járt az agya, hogy hogyan találkozhatna a hadnaggyal.

Délután, mikor Susan érte jött, az óvónéni szólt neki, hogy beszéljen Judyval.

Mikor hazaértek, Judy fel akart menni a szobájába, de Susan megállította.

– Szeretném, ha elmondanád, hogy mi a baj.

– Semmi.

– Ezt nem hiszem el, mert az óvónéni is mondta, hogy szerinte nem stimmel veled valami. Kérlek, mondd el, mi bánt.

– Nem szeretem azt az óvodát. Mindenki szuper csinosan öltözik, ha meggyűrődik a ruhája egy lánynak, akkor elkezd hisztizni. A fiúk is úgy nyafognak néha, mintha lányok lennének.

– Csak ennyi a baj? Az egy nagyon jó óvoda.

– Nekem ez elég nagy baj! Én nem ehhez szoktam! Az árvaházban nem viselkedtek így a gyerekek! – mondta kicsit felháborodva Judy.

– Hohoho! Lassabban, kisasszony! Sokat fizetünk azért, hogy ilyen óvodába járjál – lépett be az ajtón Charles, aki már kint hallotta a beszélgetést.

– De én nem akarok ilyen óvodába járni – kezdett hisztizni Judy. – Miért nem járhatok a régi ovimba? Ott sokkal normálisabb gyerekek vannak!

– Az lehet, de ott rosszabbak is, és nem tanítanak meg olyan sok mindent, mint ebben az oviban, mint például az illemet – vette át a vitatkozást Charles Susantól. Judy meglepődött ezen a kijelentésen. Ahogy sejtette, magánóvodába kell járnia, csilivili gyerekek közé. Most mit tegyen? Beszélnie kell Rogerrel mindenáron. Már tudta, hogyan, csak meg kellett valósítania a tervét.

– Kisasszony, irány a szobád! – parancsolta Charles. Judy sírva felment a szobájába.

– Nem értem ezt a lányt! Ahelyett, hogy örülne, hogy tiszta, szép óvodába jár, ahova kiválasztott gyerekek járnak, ő egy közönséges óvodába vágyik – mondta Charles

– Inkább próbáljuk megérteni őt. Lehet, hogy tényleg nem volt jó választás ez az óvoda.

– Susan! Ezt már megbeszéltük. Nem engedem, hogy a lányom közönséges óvodába járjon!

Susan nem tudott több érvet felhozni. Tényleg sokat beszélgettek erről. Charlesnak a munkája miatt meg kellett mutatnia a munkatársainak, hogy ő is képes kifizetni egy magánóvodai ellátást, ahol a gyereke jó nevelést kap, legalábbis ezt ígérték neki. Ez presztízskérdés volt a munkahelyén. Őt is így nevelték fel, ő is magánóvodába és magániskolába járt.

Az elkövetkező napokban Judy folyamatosan azt figyelte, hogy hogyan, milyen időpontokban nem figyelnek az óvónénik a gyerekekre. Eltökélte, hogy egy alkalmas pillanatban kiszökik és megkeresi Rogert. Egy szerda este ki is tervelte, hogyan fog megszökni másnap.

Másnap, mikor az udvaron voltak délután és mikor az óvónénik épp nem figyeltek oda, Judy odaszaladt a kerítéshez, pillanatok alatt átmászott rajta és már futott is, ahogy csak tudott. A napokban azt is megfigyelte, hogy Susannal az autóval merre mennek, és így kb. be tudta tájolni, hogy merre lehet a belváros. Ahogy futott, egy rendőrautó kezdte követni. Mivel kicsi lány volt, így a rendőrautó hamar utolérte. Tőle kicsit előbbre megállt, és kiszállt belőle egy rendőr.

– Hova szaladsz, kicsi lány? – kérdezte a rendőr. Judy hirtelen megállt, majd eszébe jutott, hogy autóval gyorsabb lenne.

– Ismered Roger Smith hadnagyot?

– Persze. Őt mindenki ismeri.

– El tudsz vinni hozzá?

– Persze. Szállj be! – Judy beszállt az autóba, de egész úton nem volt hajlandó válaszolni a rendőrök kérdéseire.

– Hát, te aztán tudod, mi a hallgatás.

– Azt tudom, hogy jogom van hallgatni és minden, amit mondok, felhasználható ellenem.

– Ezt ki tanította neked?

– Smith hadnagy.

– Akkor te vagy az a kislány, akit sokáig emlegettek a rendőrségen a pisztolyos ügy miatt.

– Erre nem válaszolok.

– Hm – mosolyogtak a rendőrök. – Meg is érkeztünk.

– Köszi a fuvart – és Judy azzal a lendülettel ugrott is ki az autóból és szaladt befelé.

– Itt van Smith hadnagy? – kérdezte az ajtó közelében lévő rendőrt.

– Mindjárt megkérdezem – vette fel a telefont a rendőr. Csak egy pillanatra nem figyelt oda, és Judy már el is tűnt valamerre. A vonal végén a fenti recepciós vette fel a telefont, aki mondta, hogy a hadnagy épp terepen van. A rendőr elmondta, hogy egy kislány őt keresi, és valószínűleg fel is ment az emeletre.

– Majd figyelem – volt a válasz a vonal másik végén.

Judy közben felért a laborba, ahol a hadnagy dolgozott. A recepciós észrevette őt.

– Szia! Te vagy az a kislány, aki Smith hadnagyot keresi, igaz?

– Igen. Itt van?

– Nincs, terepre ment, de felhívom és megmondom neki, hogy keresed. Addig ülj le oda – mutatott a lift melletti padra a hölgy.

– Köszönöm.

Míg a hölgy telefonált, Claire közeledett a folyosón Judy felé. Észrevette a kislányt.

– Szia! Hát te mit keresel itt?

– Smith hadnagyot keresem, de nincs itt. Azt mondta a hölgy, hogy itt megvárhatom.

– És biztos, hogy neked itt szabadna most lenned?

– Nem – horgasztotta le a fejét Judy.

– Ezt mindjárt gondoltam.

Közben Brian is megjelent.

– Szia, kicsi lány! – köszönt neki. – Rogert keresed? Erickel van terepen, de nemsokára jönnek vissza.

– Bemehetek veled a laborba?

– Gyere!

– Én nem találom jó ötletnek – szólt Claire.

– Ugyan már! Lazíts egy kicsit!

– Oké. Tied a felelősség!

– Katie! – szólt oda a recepciós hölgynek Brian. – Elviszem magammal Judyt, ha Smith hadnagy keresné, velem van a laborban.

– Rendben.

Félóra múlva Smith hadnagy és Eric visszaértek a laborba.

– Smith hadnagy! Itt van egy kislány, aki magát várja. Briannel van.

– Köszi. Már tudok róla, mert az anyja sírva hívott fel.

Mikor Smith hadnagy ahhoz a laborhoz ért, ahol Judy és Brian voltak, benézett. Judy láthatóan jól érezte magát és érdeklődve figyelte, hogy mit csinál Brian. Gyorsan tárcsázta Susan számát és mondta neki, hogy Judy náluk van a laborban, jöjjön ide.

Smith hadnagy nem tudta, miért van itt Judy. Benyitott a laborba. Mikor Judy meglátta őt, először meglepődött, majd hozzászaladt és átölelte.. A hadnagy örült a kislánynak, de beszélnie kellett vele és tudta, ez nem lesz könnyű.

– Azt hiszem, beszélnünk kell! Gyere! – mondta a hadnagy Judynak.

Mikor abba a szobába értek, ahol régebben beszélgettek, Judy leült a kanapéra, de a hadnagy most vele szemben ült le a fotelba.

– Tudod miről van szó, ugye?

– Igen – válaszolt Judy elfúló hangon. Nem találkoztak már régóta a hadnaggyal, aki most egyáltalán nem volt barátságos vele. Ez megijesztette őt egy kicsit.

– Akkor szeretném hallani a magyarázatot!

– Nem szeretem azt az ovit! – mondta dühösen Judy.

– És miért nem?

– Mert nincsenek ott a régi barátaim. Mert mindig szépen kell öltözni, és nem piszkolhatom be a ruhámat. A lányok és a fiúk is nyafogósak, és az óvónéni sem szeret engem – mondta Judy most már könnybe lábadt szemmel.

– Értem. De ezt nem te döntöd el, hogy milyen oviba szeretnél járni. Ez az új szüleidnek a döntése. Ha ők úgy gondolják, hogy neked ott lesz a legjobb, akkor köteles vagy szót fogadni nekik.

– Ez nem igazság! – mondta dühösen és sírva Judy.

– Judy! Én ebbe nem szólhatok bele – mondta a hadnagy, miközben a szíve megtelt keserűséggel. Sajnálta a kislányt, ő sem gondolta, hogy ilyen szülőkhöz fog kerülni. De sajnos tényleg nem szólhat ebbe bele. – Figyelj rám, kicsi lány! – próbált nyugodt maradni a hadnagy. – Beszélek a szüleiddel, de attól tartok, hogy muszáj lesz továbbra is abba az óvodába járnod, ha ők úgy látják jónak.

Judy nem értette ezt az egészet. Alig várta, hogy találkozhasson a hadnaggyal és elmondja neki a bánatát, és amikor sikerül beszélnie vele, akkor közli, hogy nem tehet semmit? Judy arcán folyamatosan peregtek le a könnyek, miközben a hadnagyra nézett, aki nem bírta tartani tovább magát, odament Judyhoz és átölelte, aki szintén átölelte a hadnagyot és sírt közben. Kisírta magából mindazt a fájdalmat és keserűséget, ami az utóbbi időben felgyülemlett kicsi szívében.

– Nagyon hiányzol – szipogta Judy, és még szorosabban ölelte a hadnagyot.

– Te is nekem, kicsi lány, de ezt megbeszéltük, hogy nem láthatjuk gyakran egymást. De látom, a tigris veled van.

– Igen. Ő emlékeztet mindennap arra, amit mondtál: minden rendben lesz.

– Hm. Ez kedves tőled, de szerintem az új szüleid jót akarnak neked. Szeretnék, ha okos lennél és ügyes, és ha jól ismerem azt az ovit, akkor az az ovi nagyon jó, és sokat tanulhatsz ott, ha odafigyelsz.

– Gondolod?

– Igen. Te egy okos kislány vagy, ezért szeretném, ha szót fogadnál a szüleidnek. Rendben?

– Igen – bólogatott Judy.

– Hadnagy úr – szólt be az ajtón a recepciós hölgy–, Megérkeztek a szülők.

– Köszönöm. Judy, maradj itt egy kicsit, kérlek! Nemsokára visszajövök.

– Rendben.

A hadnagy kiment az ajtón, és Judy megint szomorú lett. Jó volt látni a hadnagyot, de e miatt a kis szökése miatt biztos nem találkozhat vele egy darabig. De úgy gondolta, hogy megérte a dolog.

– Jó napot, Susan!

– Jó napot, hadnagy úr! Judy jól van?

– Semmi baja sincs. Egy karcolás sincs rajta. De szeretném megkérdezni, bár tudom, hogy nincs beszólásom, hogy miért abba az oviba íratták Judyt?

– Mert ott jó az iskolai felkészítés, és oda értelmiségi szülők gyerekei járnak – mondta Charles. – Szerintem Judynak ott a helye. Ön mondta, hogy Judy értelmes lány. Egy egyszerű óvodában nem lennének olyan lehetőségei, mint ebben az oviban.

– És ezt vele is megbeszélték, mikor önökhöz került?

– Nem – mondta Susan.

– Akkor ez okozta a bajt. Judy értelmes lány, és ha elmondták volna neki, hogy milyen oviba fog járni, akkor talán nem szökött volna meg. Próbáljanak este beszélni vele és megértetni vele, hogy miért jó neki ez az óvoda. Ő egyelőre annyit lát ebből, hogy mindig csinosan kell öltöznie, ami nem lenne baj, de ha összepiszkolja a ruháját, akkor az már baj. Én próbáltam megértetni vele, hogy önök jót akarnak neki, de önök az új szülei, nem én. Kérem, beszéljék meg, míg elmegyek érte.

A hadnagy elment Judyért.

– Gyere! Várnak a szüleid!

– Nagyon haragszanak rám? Muszáj mennem?

– Nem haragszanak, csak aggódtak, és igen, muszáj menned. Beszéltem velük és megígérték, hogy megbeszélik veled ezt az ovi-ügyet.

– Rendben – mondta Judy, miközben sóhajtott egy nagyot. – Gondolom, most sokáig nem foglak látni.

– Lehet, de megpróbálok beszélni velük pár nap múlva, hogy találkozhassak veled.

– Az jó lenne.

Beszélgetés közben odaértek ahhoz a helyiséghez, ahol Susan
és Charles várakozott.

– Szia! – ment oda hozzá Susan könnyes szemekkel. – Örülök,
hogy nem esett bajod.

– Nem. Minden rendben van – ölelte át Judy Susant.

– Menjünk haza! Köszönünk mindent, hadnagy úr! – kö-
szöntek el tőle.

– Vigyázz magadra, kicsi lány!

– Te is – nyomott puszit a hadnagy arcára Judy, és közben a
fülébe súgta, hogy *szeretlek*.

A hadnagy sokáig nézett utánuk. Claire lépett mellé.

– Hiányzik, igaz?

– Igen – válaszolt a hadnagy, miközben könnybe lábadt a sze-
me, így gyorsan felvette a napszemüvegét, hogy ne lássák rajta.

Egész úton nem szóltak egymáshoz. Mikor hazaértek, Charles
közölte Judyval, hogy a szökésért büntetés jár. Egész hétvé-
gén szobafogság, ami azt jelenti, hogy nem jöhet ki a szobájá-
ból, csak enni.

Judy ezt kemény büntetésnek találta, de nem szólt egy szót
sem, csak felment a szobájába.

Éjszaka nem tudott aludni. Gondolt egyet, és „úgyis mind-
egy" alapon csöndben lement a nappaliba. Leült a zongora mel-
lé. Csöndesen felhajtotta a zongora fedelét. Leütött pár hangot.
Nem volt hangos. Nekikészült, és elkezdte játszani a Macskákból
az Éjfél című számot. Halkan énekelt is hozzá. Szemei lassan
megteltek könnyel. Nem vette észre csak akkor, mikor abba-
hagyta, hogy Charles ott áll nem messze tőle. Nagyon megijedt.
Felpattant a zongorától, és eltávolodott tőle a fal felé. Könnyes
szemmel, reszketve ránézett Charlesra, aki csak állt az ajtófél-
fának támaszkodva. Így álltak percekig, míg Charles meg nem
szólalt.

– Nagyon szépen játszol. Ki tanított zongorázni?

– Apa – nyögte ki valahogy Judy. Nagyon félt Charlestól,
nem gondolta, hogy az éjszaka közepén meghallja, hogy ját-
szik a zongorán.

– Mit tudsz még játszani?

– Egy-két musical-darabot, meg gyerekdalokat.

– Ha jól tudom, ezt ismered – ült a zongorához Charles, és elkezdte játszani a Pocahontasból azt a dalt, amit Judytól hallott valamelyik nap. Judy bólintott, hogy igen.

– Akkor énekeld!

Judy halkan elkezdett énekelni, de Charles intett, hogy kicsit hangosabban. Judy bátrabb lett, és elkezdett hangosabban énekelni. Mikor befejeződött a dal, Charles ránézett Judyra.

– Nagyon szép hangod van. Ha szeretnéd, megtanulhatunk együtt játszani és énekelni még több dalt, meg beiratlak zongorázni.

Judy nem tudott megszólalni, csak bólogatott, hogy rendben. Közelebb lépett Charleshoz és rátette a kezét a kezére. Charles úgy érezte, mintha villám csapott volna bele. Hirtelen olyan melegség futott át az egész testén, amit a baleset óta nem tapasztalt. Maga is megijedt. Elkapta a kezét. Felállt, lecsukta a zongorát.

– Most menj aludni, mert holnap nagyon álmos leszel.

– Rendben. Jó éjt! – mondta Judy, és felszaladt a lépcsőn.

Charles csak állt ott a nappali közepén és nem értette, mi történt. Mi volt ez, amitől hirtelen melegség fogta el? Ki ez a kicsi lány, hogy egy kézfogással felmelegíti a szívét? Szeme könnybe lábadt. A baleset óta nem volt képes Susanon kívül mást szeretni. Még a saját szüleitől is elhidegült egy kicsit. De most ez a kicsi lány pár perc alatt felmelegítette a szívét. Ez felnőttként is felfoghatatlan volt neki. Mindenesetre holnap felhívja a pszichológusát és időpontot kér tőle. Halkan felment a lépcsőn, benyitott Judy szobájába és az ajtóból nézte, hogyan alszik a kicsi lány. Aztán ő is aludni ment.

Másnap Charles vitte Judyt oviba. Mikor kiszálltak az autóból és bementek az oviba, Judy búcsúzóul puszit nyomott Charles arcára, akin megint az az ismeretlen villám szaladt keresztül. Szép napot kívánt Judynak és elment dolgozni.

Judy aznap próbált rendesen viselkedni. Próbálta megszokni ezt az ovit. Nehezen ment, de megígérte magának, hogy Susan kedvéért megpróbálja megszokni, hátha még hasznára válik.

Nézte a gyerekeket és próbálta elképzelni, hogyan fog beilleszkedni. Nem lesz egyszerű, azt már látta. Ez a „gazdagok világa" nem az ő stílusa. Ő jobban kedveli az egyszerű embereket, de bele kell szoknia, vagy nagyon rossz sorsa lesz, ezt már tudta.

Itt úgy kell játszani, ahogy Charles és Susan akarja, nincs kibújás. Megígérte a hadnagynak is, nem szeretne csalódást okozni neki.

Napközben Charles felhívta a pszichológusát, és szerencsére még aznap délután el tudott menni hozzá.

– Jó napot, Charles!

– Jó napot, Agnes!

– Miben segíthetek? Rég járt nálam.

– Nos. Örökbe fogadtunk egy kislányt nemrég, és furcsa dolgok történnek azóta. Tudja, hogy én a baleset óta nem akartam gyereket, de Susan rábeszélt, így került hozzánk egy kislány, aki tegnap megszökött az oviból. Azt mondta, hogy azért, mert utálja az óvodát. Éjszaka pedig zongorázott és énekelt. Én ezt meghallottam és lementem hozzá. Nagyon szépen játszott, és nagyon szép hangja van. Aztán mikor mondtam neki, hogy menjen aludni, megfogta a kezem, én pedig valami furcsa melegséget éreztem. Olyan volt, mint egy villámcsapás: végigfutott rajtam és felmelegítette a szívemet. Mi történt velem?

– Nos, Charles. Úgy látszik, hogy találkozott egy olyan gyerekkel, aki az önben lévő gátat képes volt végre feloldani. Ez nem ördöngösség, nem hókuszpókusz. Ez a szeretet, amire ön már régóta vágyik, de az élet elvette öntől pár évvel ezelőtt, és azóta úgy gondolja, hogy nincs szüksége rá. A tanácsom csak annyi, hogy menjen tovább ezen az úton. Hagyja, hogy a kislány meggyógyítsa önt a szeretetével, mert ezek szerint ez a kislány képes erre.

– És én képes leszek rá? Nem tudok mit kezdeni ezzel a kislánnyal. Sokszor sokat beszél.

– Hogyhogy nem tud mit kezdeni vele? Ha nem tud beszélgetni vele, akkor zongorázzanak, énekeljenek együtt, és majd az vezeti önöket egymás felé. Lehet, hogy ön így fogja tudni kifejezni magát és lehet, hogy a kislány is pont erre vágyik. A kislánynak is furcsa még ez a helyzet, nem csak önnek. Próbáljon lazítani, nem mereven ragaszkodni a megszokott életéhez.

– Rendben – sóhajtott Charles nagyot. – Köszönöm, Agnes. Viszlát!

– Viszlát, Charles!

Charles hazafelé azon gondolkodott, amit Agnes mondott. Lehet, hogy igaza van. Annyira beletörődött a visszafordíthatatlanba, hogy észre sem vette, hogy az élet adhat más megoldást is. Mikor hazaért, Judy kint játszott a szomszéd gyerekekkel. Ugyan szobafogságot kapott, de az hétvégére szólt. Mikor megállt az autóval és kiszállt, Judy odaszaladt hozzá.

– Szia!

– Szia! – válaszolt Charles.

– Jó napod volt?

– Igen. És neked?

– Mondjuk. Még fura az ovi.

– Majd megszokod.

– Mehetek még játszani?

– Hm. Nem szobafogságban vagy?

– Az csak hétvégére szólt, nem? És ma csütörtök van.

A *fenébe*, gondolta Charles. Ez a kicsi lány tényleg nagyon okos.

– Oké. Susan mit mondott, meddig játszhatsz kint?

– Amíg el nem készül a vacsi.

Susan látta a konyhaablakból a beszélgetést és csodálkozott. Nem tudott az éjjel történtekről. Lehet, hogy Charles meggondolta magát és mégis megpróbálja elfogadni ezt a kislányt, hogy az ő lányuk lett? Este mindenképp megkérdezi.

– Gyertek vacsizni – szólt ki Susan pár perc múlva.

– Megyünk – mondták szinte egyszerre.

Judy elköszönt a gyerekektől és szaladt befelé. Charles utána.

– Menj kezet mosni, Judy!

– Megyek.

– Szia, drágám! – köszönt Charles. Susan meglepődött. Évek óta nem hívta így őt a férfi.

– Szi...a! – nyögte meglepetten.

– Minden rendben?

– Persze. Jó napod volt?

– Igen. Kötöttem egy nagyon nagy és jó üzletet.

– Az szuper.

– És neked?

– Csak a szokásos. Menj te is kezet mosni!

– Segítek teríteni – jött vissza Judy.

– Köszönöm.

– Megtanítasz majd ilyen finom ennivalókat készíteni? – kérdezte Susant.

– Persze, ha már féléred a konyhapultot.

– Van szék, arra fel tudok állni.

– Igen, és arról nagyot is lehet esni, vagy leforrázod magad.

– Jaj már!

– Kisasszony, tisztességesebben beszélj Susannal – szólt rá Charles.

– Igenis, értettem – és szalutált közben. Erre a férfi elmosolyodott.

Susan nem értett ebből az egészből semmit. Nem ismert a férjére. Mi történhetett és mikor? Nagyrészt együtt vannak hárman, vagy ő van Judyval. Bár reggel Charles vitte őt oviba.

Mikor Judy lefeküdt és Charles és Susan is lefekvéshez készült, Susan leült az ágyra és feltette Charlesnak a kérdést:

– Mi történt reggel?

– Ezt hogy érted, drágám?

– Úgy értem, hogy reggel történhetett valami köztetek, mert nagyon kedves vagy Judyhoz, és ő sem felesel vissza neked.

– Semmi különös nem történt, csak beszélgettünk egy kicsit.

– És hirtelen egy beszélgetéstől megváltozott a véleményed? Sajnálom, ezt nem hiszem el. Itt többről lehet szó. Mit titkolsz előttem? – mondta gyanakodva Susan

– Miért nem hiszel nekem, drágám?

– Ráadásul drágámnak szólítasz! Évek óta nem hívtál így.

– Ha feltétlenül tudni akarod, akkor csak annyi történt, hogy elmentem a pszichológusomhoz és azt javasolta, próbáljam elfogadni Judyt, és hogy a régen felgyülemlett keserűséget ez a kicsi lány esetleg fel tudja oldani. Ennyi.

– Semmi több?

– Semmi több. – Charles nem akarta elmesélni az éjszaka történteket, mert nem akarta, hogy Susan bolondnak higgye. Még ő sem hitt abban igazán, ami történt.

– Rendben. Hiszek neked. Jó éjt!

– Jó éjt drágám!

Susan érezte, hogy Charles titkol valamit, de nem akarja elárulni. Éjszaka forgolódott az ágyban, nem igazán tudott aludni. Érezte, hogy férje viselkedésének változásához Judyhoz van köze. Mit csinált ez a kislány a férjével? Női ösztöne azt súgta, hogy a kislány személyiségében keresendő a válasz. Majd lassan kiderül minden, remélte. Az is eszébe jutott, hogy holnap felkeresi Smith hadnagyot. Ő sokat volt a gyerekkel, ismeri őt. Hátha választ tud adni.

Másnap felhívta a hadnagyot, majd kora délután találkoztak a parkban.

– Jó napot, hadnagy úr! Köszönöm, hogy szánt rám egy kis időt.

– Jó napot, Susan! Miben segíthetek? Valami gond van Judyval?

– Nem igazán, illetve nem tudom. Charles az első napokban nem akart foglalkozni a kislánnyal, nem is igazán akarta őt örökbe fogadni. De tegnap óta mintha kicserélték volna. Mintha Judy szökése megváltoztatta volna őt. Kedves a kislányhoz, ha leszidja valamiért, akkor Judy szót fogad neki. Az első időkben Judy visszafeleselt, most nem. Nagyon furcsa ez az egész. Ja, és drágámnak szólít, amit évek óta nem tett.

– Egy kérdésem lenne: megfogta Charles Judy kezét valamikor vagy adott puszit neki?

– Nem tudok róla. De milyen kérdés ez?

– Tudja, amikor először találkoztam Judyval és amikor először megfogta a kezem, mintha villám ment volna keresztül rajtam. Hirtelen melegem lett, és a szívemet is melegség töltötte el. Először én is megijedtem, mert soha nem volt gyerekem és nem tudtam, milyen érzés egy kisgyereket szeretni. De Judy megtanított rá. Valószínűleg ez történt a férjével is, amikor ön nem látta.

– Ez most akkor mit jelent?

– Mivel ez engem is meglepett akkor, és én ugyan nem hiszek a kuruzslókban, de elmentem egyhez, ő annyit mondott nekem, hogy Judy különleges lány: olyan energiákkal rendelkezik, ami bizonyos mértékben meggyógyítja az embereket. Annyit mondott még a kuruzsló, hogy ez azért lehet, mert Judy valószínűleg teliholdkor fogant, ráadásul olyan teliholdkor, amikor a Hold nagyon közel volt a Földhöz. Először nem hittem neki, de aztán megkértem a halottkémünket, aki nő és ráadásul anya, hogy számolja ki nekem a fogantatás időpontját. Majd felhívtam egy meteorológus barátomat, hogy nézze meg a dátum alapján, hogy volt-e akkor telihold. Az derült ki, hogy volt. Ráadásul a kuruzsló még azt is állította, hogy az ilyen gyerekek szerelemgyerekek, méghozzá olyan szerelmespárok gyerekei, akik ritkák. Ez a kislány két olyan ember gyermeke, akik testileg-lelkileg rajongtak egymásért. Ez számomra is felfoghatatlan, mivel én a tényekben hiszek, és ha nem tapasztaltam volna meg azt, amit most a férje, akkor butaságnak tartanám az egészet.

– És akkor most Judy különleges gyerek? Mit tegyek vele? Hogyan kell az ilyen gyerekekkel bánni?

– Igen, valószínűleg Judy ilyen különleges gyerek. Annyit mondott még a kuruzsló, hogy valószínűleg még nem tud a képességéről, mert ahogyan viselkedik, az neki természetes. Ha gondolja, megadom a kuruzsló számát, menjen el hozzá.

– Az jó lenne. Köszönöm.

– Nincs mit.

– Viszlát, hadnagy úr!

– Viszlát, Susan!

7.

Judy és Charles

Másnap Susan felhívta a kuruzslót, akinek a telefonszámát megadta a hadnagy. Még aznap este el tudott menni hozzá, így megkérte Charlest, hogy ő menjen a kislányért. Dobogó szívvel kopogtatott be a kuruzslóhoz.

– Jó napot! Miben segíthetek?

– Jó napot! Én telefonáltam délelőtt.

– Igen, emlékszem. Valamilyen gyerekről van szó.

– Igen. Pár hete örökbefogadtunk egy kislányt, és a férjemen pár napja különös változásokat veszek észre. Smith hadnagy azt mondta, hogy ő már volt önnél ezzel a kislánnyal kapcsolatban, ezért kérném a segítségét. A hadnagy nagyrészt elmondta, amit ön mondott neki, de én arra lennék kíváncsi, hogy mit kezdjek egy ilyen gyerekkel? Hogyan kell bánni vele?

– Igen, emlékszem. A hadnagy azt is mondta, hogy mit tapasztalt?

– Igen. De arra nem tudok válaszolni, hogy ők testileg kapcsolatba léptek-e, nem láttam, hogy megfogták volna egymás kezét bármikor is.

– Nos, márpedig ez biztos megtörtént, csak ön nem látta. De ez nem baj. Van a férjének valami testi vagy lelki baja?

– Igen. Tudja, öt évvel ezelőtt autóbalesetet szenvedtünk. Egy részeg autós belénk jött. Én akkor 5 hónapos terhes voltam és fiút vártam. Olyan sérüléseket szenvedtem, hogy elveszítettem a babát. A férjem, Charles is súlyosan megsérült, de mindketten felépültünk. Azonban nem tudtunk több gyereket összehozni azóta, így az örökbefogadás mellett döntöttünk hosszú évek után. Illetve én győztem meg a férjemet, hogy szeretnék örökbe fogadni egy gyereket, ha már sajátom nem lehet. Ő nem akart soha többé gyereket látni a lakásban, de rám való tekintettel belement az örökbe fogadásba. Ezt a kislányt választottuk. Charles az első hetekben nem akart a kislány közelében lenni, de ez megváltozott pár napja, és nem tudom az okát. Engem meg nem szólított évek óta drágámnak, azonban pár napja ismét így szólít. Próbáltam tőle megtudni a dolgokat, de kitért a válasz elől.

– Nos, ne aggódjon, asszonyom! A kislány egy olyan szerelemgyerek, aki valószínűleg teliholdkor fogant.

– Igen, ezt elmondta a hadnagy is, illetve azt is mondta, hogy valószínűleg egyelőre nem tud a képességéről.

– Igen, igen, ez így van. Hagyni kell a kislányt, hogy úgy éljen, ahogy most. Ne szóljon neki erről a képességéről. Majd pár év múlva vagy rájön magától erre, vagy önnek kell elmondania ezt. Addig tartsa titokban.

– És hogy neveljem? Mire tanítsam stb?

Azt magának kell kitapasztalnia, hogy a kislány mit szeret csinálni és miben a legjobb. Zene, tánc, sport, szellemi sportok vagy tanulás, pl. irodalom, történelem, rajz, matek. Lehet, hogy mindenben okos lesz és jól fog tanulni, de ez majd kiderül az iskolában. Hagyja, hogy azt csinálja, ami a legjobban érdekli. Ne nyomja el benne a vágyat semmi iránt. Idővel minden kiderül. A viselkedése pedig szélsőséges lehet: a legtöbbször vidám és szeret viccelődni, de hamar elszomorodik és nehezen oldódik fel, esetleg dührohamai lesznek. Neki magának kell megtalálnia az érzelmi egyensúlyt, de ehhez ön segítséget adhat, ha beszélget vele az érzéseiről. A tanulásban is segítsen neki az elején, hogy megtudja, miben a legjobb. Ha valamelyik tantárgy nem megy neki, azt ne erőltesse. Ne tiltsa el a szórakozástól, a barátaitól, de ha ön szerint valami helytelent tesz, akkor büntesse meg nyugodtan szobafogsággal vagy eltiltással. A férjének ne szóljon erről egyelőre semmit. Neki szintén magának kell rájönnie, hogy Judy különlegesebb lány a többinél. De egyengesse a kettőjük kapcsolatát úgy, hogy ne vegyék észre. Ez nem lesz egyszerű önnek. Sok lelki teher fog önre szakadni, de el kell döntenie, hogy amit én most elmondtam, azt vállalja-e vagy sem. Ha vállalja és elakad, akkor jöjjön vissza hozzám, és segítek önnek.

– És még egy kérdés: rám miért nincs ilyen hatással a kislány, pedig én már többször hozzáértem.

– Mert ön volt már anya, és így volt fizikai kapcsolata egy gyerekkel, akit szeretett, bár még nem ismert.

Susan úgy érezte magát, mintha fejbe kólintották volna. Őrá nincs hatással a kislány, csak Charlesra. De mihez vezet majd ez? El kellett döntenie, hogy vállalja-e az irányítást vagy sem. Mi ez? Rémálom? Ő csak egy gyereket szeretett volna örökbe fogadni. Ült az autójában, és képtelen volt elindulni. A kuruzsló látta őt az ablakból, ezért utánament. Kopogtatott az autó ablakán. Susan hirtelen felriadt a bódult állapotból. A kuruzsló intett, hogy húzza le az ablakot.

– Látom, nehéz döntés előtt áll. Hozza el valamelyik nap a kislányt hozzám. Mondjuk hétfőn, ovi után. Charlesnak mondja azt, hogy elmennek vásárolni még néhány ruhát vagy valami hasonlót.

– Rendben. Hétfőn délután itt leszünk.

– Rendben. Most menjen és tegyen úgy, mintha mi nem beszélgettünk volna.

Ezt könnyű mondani. Susan vett egy mély levegőt és elindult haza. Útközben felhívta a hadnagyot, és elmesélte neki a kuruzslóval történt megbeszélést. A hadnagy kérte, hogy találkozhasson hétvégén a kislánnyal, de Susan mondta, hogy a szökés miatt büntetésben van. A jövő hétvégét viszont megbeszélhetik majd.

Mikor Susan hazaért, Judy a szobájában volt, Charles meg a dolgozószobájában.

– Szia, drágám! Rendben ment a megbeszélés?

– Ja, igen. Bár nem hiszem, hogy lesz ebből a megrendelésből valami. Kicsit későn jött a megkeresés – hazudta Susan, bár a szíve majd' kiugrott a helyéről.

– Majd lesz másik.

– Judy hol van?

– A szobájában. Azt mondta, hogy fontos dolga van.

– Fontos dolga?

– Én is furcsállottam.

– Megyek, köszönök neki. Vacsoráztatok már?

– Nem. Megvártunk téged.

– Oké. Akkor tíz perc és itt vagyunk.

Susan kopogott Judy ajtaján, majd benyitott. Judy az asztalnál ült és rajzolt valamit.

– Mit csinálsz?

Lerajzolom a környéket. Még nem tudom mindenkinek a nevét, és ez zavar. Nem találkoztam még sok gyerekkel, amióta először találkoztunk velük. Segítesz majd a nevekben?

– Persze. De menjünk most vacsorázni, mert éhes vagyok. Utána megbeszéljük ezt a szomszédosdit.

– Rendben.

A vacsora közben csöndben volt mindenki. Vacsora után azonban Judy megszólalt.

– Mit jelent nálatok a szobafogság? Én még nem voltam soha megbüntetve.

Susan és Charles egymásra néztek, mert ezt ők sem nagyon beszélték meg, de végül Charles szólalt meg előbb.

– Azt, hogy nem jöhetsz ki a szobádból csak enni, mosdóba és fürödni.

– Akkor mesét sem nézhetek?

– Nem.

– És Susannak sem segíthetek főzni?

– Nem.

– Akkor mit csináljak egész nap? – görbült sírásra Judy szája.

– Ezt neked kell kitalálni. Leginkább gondolkozz el azon, hogy hogyan tudsz szófogadóbb kislány lenni mind az oviban, mind itt – próbált Charles erélyes lenni.

– De ezt már átgondoltam – gördült le egy könnycsepp Judy arcán. – És rajzolhatok legalább?

– Azt igen. A lényeg, hogy a szobádban maradj.

– Elmehetek?

– Igen.

– Köszönöm a vacsorát – köszönt el Judy hamar, mert nem akarta, hogy lássák, hogy sír.

Mikor felment a lépcsőn és azt hitték, hogy nem hallja őket, Susan Charles felé fordult.

– Nem volt ez erős kicsit? Két nap. Kicsit sok egy kislánynak.

– Amit tett, az nem kicsi lányra vall. Mintha megtervezte volna előre a dolgot, mint egy felnőtt.

– A hadnagy hívott, hogy minden rendben van-e, és hogy hétvégén találkozhat-e Judyval. Mondtam neki, hogy a szökés miatt nem, de ha jövő hét végéig rendesen viselkedik Judy, akkor beszélhetünk a találkozóról.

Judy mindent hallott a lépcsőfordulóból. Halkan beszaladt a szobájába, rávetette magát az ágyára és teljes erőből kitört belőle a sírás. Tudta, hogy a szökéssel kockázatot vállalt mindenre, de nagyon hiányzott neki a hadnagy, és most még egy hetet kell várnia, hogy ismét láthassa. Miért ilyen kegyetlenek a felnőttek? A pici agya nem tudta ezt felfogni. Azon gondolkodott, hogy újra megszökik. Aztán rájött, hogy az megint büntetéssel fog járni. Miért nem akarják a felnőttek megérteni, hogy mi a jó egy gyereknek? Miért kell mindig azt csinálni, amit ők mondanak? Ők is voltak gyerekek, nem? Addig sírt, míg álomba nem sírta magát.

A hétvége nehezen telt el. Judy nem igazán tudott mit kezdeni magával. Rajzolgatott, nézte az ablakból a gyerekeket, hogyan játszanak. Lerajzolta őket is. Egy egész füzetet telerajzolt. Próbált gondolkodni azon is, hogy mit tegyen az ovi-helyzettel? Ugyan megfogadta, hogy megpróbál jó kislány lenni, de hogyan tegye? Az ovis társai mind gazdag családba születtek, így az ő vérükben benne van a „ki, ha én nem" stílus. Ő viszont nem ilyen családba született. Ezeket a kérdéseket rengetegszer átgondolta, mégsem talált rájuk megoldást. Bárcsak lenne valaki, aki segítene neki!

A hadnaggyal nem beszélhet, az ovis társaival sem. Talán Susan segíthet, de most szobafogságban van, így ő sem tud segíteni, holnap meg már késő lesz. Aztán eszébe jutott, mit mondogatott anya: ha nincs a közeledben senki, aki segítsen, csukd be a szemed és gondolj az őrangyalodra. Ő mindig ott van melletted. *Miért is ne*?, gondolta Judy. *Próba szerencse*. Becsukta a szemét és próbálta elképzelni, milyen is lehet egy őrangyal. Fehér szárnyakkal repdes? Emberi alakja van? Fehér ruhája van, ami olyan, mint egy hálóing? Vajon hord alatta nadrágot? Ahogy így járt a képzelete, egyszer csak úgy érezte, hogy valaki szól hozzá. Nem értette pontosan, mit mond, csak annyit értett, hogy nyugodjon meg, minden rendben lesz. Aztán huss, hirtelen elhallgatott a hang. Bármennyire próbálta visszacsalogatni, nem ment. Kicsit ki is fáradt benne, legalábbis úgy érezte magát, mint az oviban tornaóra után. Ledőlt az ágyra és a plafont bámulta. Már sötétedett kint. Hamarosan fürdés és fekvés. Legalább túl van egy napon.

Másnap minden ugyanúgy zajlott, mint előtte való nap. Ma is próbált az őrangyalával beszélni, de ma is csak addig jutott, mint tegnap. Egyet kivéve: a hang azt súgta, hogy *zongorázz*. *Ez megőrült*, gondolta Judy.

– Persze, hogy megint szobafogságot kapjak – mondta ki hangosan.

Susan lépett be az ajtón, mikor ezt kimondta.

– Kivel beszélgetsz?

– Senkivel, csak hangosan gondolkodtam.

– Hm. Azért jöttem, hogy menjél fürödni. De előtte szeretnék megbeszélni veled valamit. Holnap ovi után elmegyünk egy ismerős nénihez. Kíváncsi rád. De szeretném, ha Charles nem tudna róla. Ez a mi kis titkunk. Tudsz titkot tartani?

– Hát persze! – lelkendezett Judy, mert volt egy olyan érzése, hogy ez a bizonyos ismerős válaszolni tud a kérdéseire. Akkor mégis működött az őrangyalosdi?

Judy fürdés után nehezen tudott elaludni. Susan mondatai jártak az eszében. Ránézett az órára: fél tizenkettő. Aludnia kellene már, mert fáradt lesz, azonban egy hang folyamatosan azt súgta: *zongorázz, zongorázz*. Próbálta elhessegetni a gondolatokat, biztosan beleőrült a szobafogságba. Hallott már ilyenről, hogy valakit hosszú időre bezártak egy szobába, és a végére őrült lett. Na jó, de ő csak két napot volt szobafogságban. Ez nem túl sok. Végül fogta magát, és kockáztatva megint a szobafogságot, halkan kinyitotta az ajtót és elindult a lépcső irányába.

Ahogy a lépcső feléhez ért, hangokat hallott lentről a nappali felől. Mintha zongorázna valaki. Mélabús darabot játszott. Csöndben osont, nehogy az illető észrevegye. Kikukucskált az ajtófélfa mellett, és megdöbbenésére Charles ült a zongoránál. Susan sehol sem volt, legalábbis a félhomályban nem látta. Charles érezte, mintha figyelné valaki.

– Hahó. Ha van ott valaki, bújjon elő – fordult az ajtófélfa irányába. Judy félszegen előbújt.

– Mit keresel itt ilyen későn?

– Nem tudok aludni. A zongora hangja felébresztett.

– Pedig halkan játszom. Susan soha nem ébred fel rá.

– De Susan nem tud zongorázni, így ő nem hallja úgy meg a hangokat, mint te meg én.

– Ez igaz. Csavaros kis eszed van. Van kedved játszani?

– Ühüm – bólogatott Judy.

Leültek egymás mellé. Charles játszott egy dallamot, amit Judy visszajátszott. Szavak nélkül is értették egymást. A zenei hangok voltak a szavak. Kb. 20 percig játszottak, mikor megkondult az éjfélt jelző óra.

– Azt hiszem, ideje aludni menni.

– Kérdezhetek valamit? – szedte össze bátorságát Judy. Most vagy soha, de felteszi a kérdést. Csöndesen beszélt.

– Miért kell nekem abba az oviba járni? Tudom, hogy oda gazdag szülők gyerekei járnak, de az én szüleim nem voltak gazdagok. Sőt ezek a gyerekek nem szeretnek engem, mert én nem tudok úgy nyafogni mint ők, meg zavarnak a csilivili ruhák. Neked fontos, hogy oda járjak? A munkád miatt kell?

Charles megdöbbent ezen a kérdésen. Ezek szerint Judynak nem evidens, hogy ilyen oviba járhat. Megpróbált úgy válaszolni, hogy Judy is értse.

– Nos, hogy is magyarázzam? Vannak dolgok, amit muszáj megtenni, bármennyire nem szeretnénk. A munkám fontos nekem, ebből élünk, és ahhoz, hogy megtartsam, be kell tartanom nekem is pár szabályt. Az egyik ilyen szabály, hogy nem öltözhetek akárhogy, és a gyermekem, azaz te, nem járhatsz akármilyen óvodába.

– És nem járhatok akármilyen ruhában, igaz? – sóhajtott Judy nagyot.

– Igen, de ne izgulj, a jóhoz hamar hozzá lehet szokni. De most már irány az ágy, mert tényleg nagyon fáradt leszel!

– De azért nem kell cicababának lennem, ugye?

– Na, ez hogy jön ide?

– A lányokkal mindig azokat a lányokat hívtuk így, akik illegették magukat a szép ruhájukban. Ilyen lányok vannak az oviban is sajnos.

– Nem, ezt nem várom el tőled, csak azt, hogy rendesen viselkedj.

– Rendben. Akkor a kedvedért holnaptól jó kislány leszek. Jó éjt!

– Jó éjt, kicsi lány! – De ezt Judy már nem hallotta, mert csöndben osont felfelé a lépcsőn. Ahogy befeküdt az ágyába el is aludt.

Charleson megint az a fura érzés futott végig. Ez nem volt olyan villámcsapásszerű, mint a múltkor, ez csak egy egyszerű jó érzés volt, olyan szeretetteljes.

Másnap délután Susan elvitte Judyt a kuruzslóhoz. Mikor megérkeztek, Judynak különös érzése támadt. Mintha járt volna már itt.

– Jó napot!

– Jó napot! Szia! Te vagy...

– Judy.

– Szia, Judy! Örülök, hogy megismertelek.

– A néni valami varázsló?

– Ezt honnan veszed?

– Furcsa érzések futkosnak a testemben.

– Hm. Nem vagyok varázsló, csak segítek az embereknek megtalálni önmagukat.

– Nekem is segít vagy Susannak?

– Nos, kis hölgy. Susan arra kért, hogy beszélgessek veled egy kicsit, mert szerinte te tudsz olyan dolgokat, amit ő nem.

– Ez hogy lehet? Hisz' ő a felnőtt.

– Az lehet, de a felnőttek sem tudnak sok mindent.

– Akkor minek jártak iskolába? Ott mindent meg lehet tanulni.

– És ha nem mindenki szeret tanulni? Te például szeretsz tanulni?

– Igen, de én még óvodás vagyok, így még nem tanulhatok. Pedig nagyon szeretnék már iskolába járni.

– Iskolába járni? Ilyet is ritkán hallok. És miért szeretnél iskolába járni?

– Mert akkor ott sok mindent elmagyaráznak a tanárok, sok könyvet olvashatok, tanulhatok nyelveket, meg ilyenek.

Míg beszélgettek, Susan egy széken ült az asztalnál és nem győzte kapkodni a fejét, hogy a kicsi lány milyen frappáns válaszokat ad. A kuruzsló pedig megfogta Judy kezét, elengedte, majd ceruzát és papírt tett Judy elé és megkérte, hogy rajzoljon valamit, ami eszébe jut. A kuruzsló érezte a Judy tenyeréből kiáramló energiákat, a rajza pedig szintén arról árulkodott, hogy Judy különleges lány: egy tengerparton sétált két ember a holdfénynél. A két ember fogta egymás kezét. Az emberek és a tengerpart is nagyon valódinak tűnt a rajzon. Kb. 20 percig tartott az egész beszélgetés. Aztán a kuruzsló kihívta Susant az udvarra, Judy addig bent maradt, de látták őt.

– Susan! Semmi kétség: Judy angyal-gyermek. Azaz olyan kislány, aki ott és akkor fogant meg a tengerparton, amiről beszéltünk a múltkor. Ő viszont ezzel még nincs tisztában, ő csak annyit érzékel még ebből, hogy tudásvágy van benne és nem érti, miért nem tud gyorsabban felnőni, hogy tanulhasson. Ezt még én sem biztos, hogy el tudom neki magyarázni.

– És akkor én most mit tegyek?

– Azt, amit a múltkor is mondtam: hagyja tanulni őt! Bármit, amit megtanul, azt ő elraktározza, és a megfelelő időben előveszi a tudást. Hagyja játszani a gyerekekkel és hagyja, hogy igazságot tegyen köztük, hogy irányítsa őket. Hagyja kiteljesedni az érzelmi vágyait: ha sír, próbálja megérteni, mi zaklatta fel és segítsen neki átlendülni a problémán. Lesznek problémák, míg megtalálja önmagát és míg rájön, hogy milyen energia van a kezében. Hagyja tombolni, ha dühös, mert ha visszafogja őt, akkor pont az ellenkezőjét éri el: a düh felgyülemlik, és nagyot robban egyszer.

– És Charles?

– Charlest hagyja, hogy Judyval lehessen, ha szeretne és ha
úgy érzi, hogy szüksége van rá. Charles csak érzi, hogy Judy tár-
saságában fel tud oldódni és meg tud szabadulni a régi fájó ér-
zéseitől, de önnek kell irányítania Charlest, hogy átlendüljön
azon az érzelmi gáton, amibe a baleset után beleszorult. Vagyis
továbbra is szeresse őt, ahogy eddig, és próbáljon vele örülni,
hogy visszakapta a régi férjét, akibe régen szerelmes lett. Igen.
Látszik önön is, hogy csak éldegélt a férje mellett és beletörő-
dött abba, hogy nem lehet saját gyereke. Próbáljon meg nem fél-
tékeny lenni a férjére, ha eleinte esetleg több időt tölt Judyval,
mint önnel. Ez be fog állni, és egy egészséges egyensúly alakul
ki hármójuk között akkor, amikor a férje és ön is végleg meg-
szabadultak a régi, rossz érzelmektől.

– Ez mennyi idő lehet?

– Ezt nem tudom megmondani. Lehetnek hetek, de hónapok
is. Ez attól is függ, hogy Judy hogyan találja meg a helyét az új
környezetben. Az ön türelmén most sok múlik, de higgye el, a
végeredmény egy boldog család lesz.

Susannak könny szökött a szemébe. Ha tényleg igaz, amit
a kuruzsló mond, akkor végre visszakaphatja régi szerelmét és
boldogan élhetnek.

8

Judy képességei

Mikor Susannal hazaértek, Charles már otthon volt. Susan útközben még egyszer megkérte Judyt, hogy Charlesnak egy szót se erről a látogatásról.

Judy megígérte, hogy nem szól. Így is lett. Susan napokig folyamatosan figyelte Judyt és Charlest is. Látta férjén a változás jeleit. Ennek nagyon örült. Charles vele is egyre kedvesebb volt és érződött, hogy kezdi visszakapni a régi férfit, akibe beleszeretett évekkel ezelőtt.

Judy is kezdett beilleszkedni. Kezdte megszokni ezt az életet, kezdte elfogadni őket a szüleinek, és az óvodában sem volt baj vele az elmúlt napokban, ezért engedélyezték neki, hogy találkozhasson a hétvégén Smith hadnaggyal.

Judy alig várta a találkozást. Rég nem beszélhetett a hadnaggyal, és ugyan nem sok idő telt még el a szökése óta, mindössze két hét, de ez az idő mégis nagyon soknak tűnt. Péntek este olyan izgatott volt már, hogy nem nagyon tudott elaludni. Felült az ablakpárkányra és onnan nézett kifelé. Csillagos volt az ég. Csak nézte a csillagokat és a hadnagyra gondolt, meg arra, mi mindent fog elmesélni neki. Aztán egyszer csak úgy érezte, mintha valaki lenne a szobában és azt suttogná neki, hogy aludjon. *Jó éjt, hadnagy uram!*, gondolta magában, lekászálódott az ablakpárkányról, befeküdt az ágyba és alig takarózott be, máris álomba merült. A vér szerinti anyukájáról és apukájáról álmodott. Azt üzenték neki álmában, hogy nagyon büszkék rá, és továbbra is legyen ilyen jó kislány.

Smith hadnagy sem tudott elaludni. Hiányzott már neki a kislány. Ugyan megígérték neki, hogy a múlt héten találkozhat Judyval, de a nevelőszülőkkel partira volt hivatalos a kicsi lány, ezért a mostani hétvégére tolódott a találkozás. Mintha érezte volna a hadnagy, hogy rá gondol a kicsi lány, mert nemsokára elaludt ő is.

Judy reggel arra ébredt, hogy valaki szólítgatja. Biztos álmodik még. Kinyitotta a szemét, és az ágya mellett meglátta Susant. *Jézusom, biztos elaludtam!*, gondolta magában. De aztán Susan megnyugtatta, hogy időben van még, lesz ideje nyugodtan felöltözni és reggelizni. De Judy nem nagyon bírt magával, így mint a szélvész mosakodott meg és öltözött fel. A reggelit is sebtében akarta megenni, de Charles rászólt, hogy egyen normálisan, mert megfájdul a hasa. Így a reggelit nyugodtabban próbálta megenni, de a szíve folyamatosan gyorsabban vert a kelleténél az izgalomtól. Mire befejezte a reggelit, látta, hogy a szokásos, számára szuper autó áll meg a ház előtt. Nagyot dobbant a szíve, mikor meglátta a hadnagyot a ház felé közeledni.

– Mehetek? – kérdezte Charlest

– Majd ha ideért a hadnagy, akkor igen. Nem szaladgálunk csak úgy ki a házból.

– Igenis, értettem – nézett Judy Charlesra, aki látta a kislányon az izgalmat, és hirtelen enyhe féltékenység fogta el.

Csöngettek. Susan ajtót nyitott a hadnagynak.

– Jó napot!

– Jó napot, hadnagy úr!

– Na, most már mehetsz – szólt neki Charles. Judynak nem kellett kétszer mondani, szaladt a hadnagyhoz.

– Érezd jól magad! – mondta Susan

– Mikorra kell hazahoznom? – kérdezte a hadnagy.

– Este hatra – válaszolt Susan

– Az szuper! – lelkendezett Judy. Akkor jó sok idejük lesz egymással.

Alig szálltak be az autóba, Judy máris nekikezdett a mesélésnek, hogy milyen az ovi, és hogy igyekszik jó kislány lenni. Csak folyt belőle a szó, míg ki nem értek a parkba.

– Honnan tudtad, hogy ide szeretnék jönni?

– Gondoltam, szeretnél találkozni a régi barátaiddal. Beszéltem Alisha anyukájával és azt mondta, hogy itt lesznek, ha jó idő lesz.

– És szerencsére süt a nap. Ez szuper – lelkendezett Judy.

– De egyet ígérj meg nekem, hogy nem tűnsz el, hogy rám hozd a frászt.

– Igenis, hadnagy úr! – tisztelgett Judy. A hadnagy jót mosolygott a kislányon. Mindig tetszett neki a bohósága.

– Na, gyere akkor, kisasszony! Keressük meg a barátaidat! – Kiszálltak az autóból. Judy megfogta a férfi kezét, akit azonnal átjárt a rég érzett melegség. Nagyon hiányzott neki a kicsi lány, jó volt újra érezni a meleg kis kezét.

– Nézd, ott vannak! Alisha! – integetett Judy. Alisha észrevette őt, és a két lány szaladt egymás felé. Ahogy odaértek egymáshoz, átölelték a másikat és sikítozva ugráltak. Jó volt őket látni, két önfeledten ugráló, sikítozó kicsi lányt.

– Jó napot, Agnes!

– Jó napot Roger!

– Látom, sikerült elhoznia Judyt. Alisha nagyon szomorú lett volna, ha nem tudnak találkozni. Bár tudom ez nem egyszerű. Kér egy kávét és egy szendvicset?

– Igen, köszönöm.

– Mehetünk játszani? – kérdezte egyszerre a két lány.

– Persze...

– A szabály a szokásos – fejezte be a mondatot a két lány kuncogva.

– De nagy szátok van – mondta Agnes. – Na, nyomás játszani!

Mikor kettesben maradtak, Agnes és Roger, a nő kérdezősködött Judy felől.

– Mit tudsz róla? Beilleszkedett már?

– Idefelé jövet be nem állt a szája. Azt mondta, hogy igen, megszokta már ezt az életet. Bár szerintem nem igazán igaz, amit mond, de látom rajta, hogy próbálja jól érezni magát a szülőknél. Kicsit nehéz neki, mert magánoviba jár, csinosan kell öltöznie, és számára ezek furcsa dolgok. Illetve ami nekem feltűnt, hogy a férfi kicsit szigorú Judyval. Biztos megvan az oka ennek is, csak ma is láttam, hogy Judy kicsit tart a férfitól.

– Lehet, hogy csak nem akart a férfi gyereket, de az asszony kedvéért vállalta.

– Lehet. – A hadnagy nem akarta elárulni, hogy mit tud a nőről és a férfiról. Nem kell mindenkinek mindent tudni Judy új szüleiről.

Nemsokára érkeztek mások is a parkba, így egész gyereksereg lett hirtelen. Mindenki örült Judynak, kérdezősködtek tőle, alig bírt a kérdésekre válaszolni. Gyorsan eltelt az idő. Ebéd után a hadnagy megkérdezte Judytól, hogy szeretne-e kimenni az óceánpartra, mielőtt hazaviszi. Igen volt a válasz, mert ugyan Judy jól érezte magát a gyerekekkel, de szeretett volna a hadnaggyal is beszélgetni egy kicsit. Elköszöntek midenkitől, megköszönték a finom ennivalót és elindultak.

Hamarosan kiértek a partra. Arra a helyre mentek, ahol voltak már párszor: kicsit sziklás, kicsit homokos részre. Judy elnevezte a helyet törzshelynek. Ez a hadnagynak is tetszett. Egyetértett vele.

– Kérdezhetek valamit? – kezdte Judy.

– Mire vagy kiváncsi?

– Szerinted Charles miért olyan szigorú néha velem? De csak akkor, ha Susan ott van. Néha, ha kettesben vagyunk, akkor meg kedves.

– Nem tudom. De visszakérdeznék: érintett meg téged úgy, hogy az nem esett jól neked, vagy beszélt hozzád nyájasabban?

– Nem. De miért kérdezed ezt? Rosszat tehet velem Charles?

– Bízzunk benne, hogy nem. De ha mégis ilyet tapasztalsz, akkor szóljál légyszíves Susannak, vagy valahogy nekem.

– Rendben. Arra gondolsz, amit bizonyos bácsik csinálnak a gyerekekkel?

– Igen.

– Rendben. Egyébként hogy vagy? Te tudsz rólam sok mindent, de te nem meséltél nekem magadról.

– Elég nehéz melletted szóhoz jutni.

– Ez igaz, de most hallgatni fogok, hogy beszélhess.

– Na, erre kiváncsi vagyok – mosolygott a hadnagy. Judy erre úgy tett, mint aki becipzározza a száját. – Mire vagy kíváncsi?

Judy úgy tett, mint aki kihúzza a cipzárt.

– Hogy milyen eseteid voltak mostanság. Játsszuk azt, hogy mesélsz nekem a bűnügyekről, én pedig megpróbálom kitalálni, hogy milyen lehetett a bűnöző.

– Miért érdekel ez téged?

– Azért, mert kíváncsi vagyok, hogy az emberek miért bántják egymást. Miért nem tudnak egymás mellett normálisan élni?

– Ilyet sem hallottam még, hogy egy kisgyerek ilyen dolgok iránt érdeklődik.

– Akkor jobb, ha hozzászoksz – emelte fel a fejét és tette csípőre a kezét Judy. – Minden alkalommal, mikor találkozunk, szeretném, ha ilyet is játszanánk. Mint Sherlock és Watson.

A hadnagy igen csodálkozott ezen a kérésen, mivel nem tudta, hogy mit szeretne a kislány ezzel elérni. Lehet, hogy tényleg csak játék. Azért vigyázni fog, hogy mit mond.

– És mit szeretnél igazán?

– Mesélj nekem egy bűntényről, én meg megpróbálom kitalálni, hogy ki és miért követte el.

– Rendben. Akkor figyelj jól. Adva van egy férfi, aki nem sokat volt otthon, legalábbis a szomszédok keveset látták, reggel elment otthonról, este meg későn járt haza. A férfi orvos volt. Nem volt se gyereke, se felesége. A szomszédban lakott egy néni, aki mindig látta, ki mit csinál. A férfi egyik reggel a szokásosnál hamarabb ment el otthonról, és nagyon-nagyon későn ért haza. Az autója tiszta kosz volt, mikor este hazaért. Nos, mit kérdeznél legelőször?

– Mi van a szomszéd nénivel?

– Jó kérdés! A szomszéd néni most nem látott semmit, legalábbis azt mondja.

– Csak egyszer ment a doktor hamarabb el, vagy ez többször megismétlődött?

– Megint jó kérdés! A héten kétszer is megtörtént ez.

– Hm... akkor miért volt koszos az autója, illetve milyen kosz volt rajta?

– Szuper kérdés! Erdőből származó föld volt a kerekeken és a sárvédőn.

– És reggel tiszta volt az autó, igaz? – Judy egyre lelkesebb volt.

– Igaz.

– Akkor sorozatgyilkos!

– Na, ez hogy jutott eszedbe?

– Mivel reggel tiszta volt az autója. Mint doki, letakarítja a műtét után a műtéti szerszámokat. Este koszos az autó, így biztos nem autóversenyezni ment az erdőbe, se találkozni egy nénivel. Nem lehet, hogy olyan műtéteket csinált, amit nem szabad, és a holttestet elrejtette az erdőben?

– Milyen élénk a fantáziád!

– Nem az, csak az oviban hallottam pár rémtörténetet, és az egyik hasonló volt ehhez.

– Nos, a megoldás majdnem jó. Tényleg gyilkos volt a férfi, de csak két nénit bántott.

– Jeee, igeeen! Megoldottam a rejtélyt – ugrándozott Judy és közben nevetett. A hadnagy is mosolygott, tetszett neki a kislány okfejtése. Tényleg okos ez a kicsi lány.

– Viszont most azt oldjuk meg, hogy lassan haza kell indulni.

– Ne már! Még alig tudtam veled lenni! – ült le szomorúan Judy a hadnagy mellé. – Ez nem igazság, hogy csak ilyen kevés időt lehettem veled. – Közben szorosan odabújt a hadnagyhoz. A férfi sem nagyon akart hazamenni, de időben haza kellett vinni a kislányt.

– Ígérj meg nekem valamit, kicsi lány – nézett a hadnagy Judy szemébe –, jól fogsz viselkedni, hogy büszke lehessek rád, mint a barátod.

– Megígérem – válaszolt Judy könnytől csillogó szemekkel. – Te is ígérd meg nekem, hogy vigyázol magadra és nem sebesülsz meg.

– Ígérem neked – nyomott puszit a hadnagy Judy homlokára, majd szorosan magához ölelte. Nehéz volt neki is elválni a kicsi lánytól. – Induljunk!

– Rendben.

Időben hazaértek. Mikor Judy kiszállt az autóból, adott még egy puszit a hadnagynak, majd beszaladt a házba, fel a szobájába, mielőtt elbőgte volna magát.

Susan kiment a hadnagyhoz.

– Minden rendben volt?

– Persze. Két hét múlva megint találkozhatnék vele?

– Megbeszélem Charlesszal és majd jelentkezem.

– Köszönöm. Viszlát!

– Viszlát!

A hadnagy nehéz szívvel ment haza, ugyanakkor boldog is volt, hogy találkozhatott végre a kicsi lánnyal. Másnap a kollégái megkérdezték, hogy mi történt tegnap. Ő csak nézett rájuk.

– Boldognak látszol. Csak nem randevún voltál?

– Annak is nevezhetjük.

– És csinos a hölgy?

– Még nem hölgy, csak lány – ugratta őket a hadnagy.

– Ezt nem értem?

– Judyval találkoztam.

– Áá... Most már értjük. Jól éreztétek magatokat ezek szerint.

– Igen. Még mindig szeretni való kicsi lány.

– És jól érzi magát az új családjával?

– Igen. Legalábbis az látszik rajta.

– Nem próbáltad kikérdezni?

– De igen. Beszélgettünk, illetve inkább ő beszélt. Én nem nagyon jutottam szóhoz mellette – mondta mosolyogva a hadnagy.

– Akkor még mindig sokat beszél – mondta Brian.

– Igen. Na, irány dolgozni!

– Igenis, főnök.

Teltek a hetek. Judy beilleszkedett az új környezetébe, nem csinált semmi rosszat, amiért büntetés járt volna. A környékbeli gyerekek is egyre jobban megkedvelték őt, főleg az igazságossága miatt. Mindenki elfogadta őt, amolyan vezér lett, de ezzel nem élt vissza.

Charles ígéretéhez híven beíratta zongorázni. Szigorú volt vele, sokat kellett gyakorolnia, de ezt Judy nem bánta, mert egyelőre nem volt más dolga a zongorázáson és a játékon kívül.

Susan pedig főzni tanította, így sokszor együtt készítették el a vacsorát, vagy hétvégén az ebédet. Charlesnak ez tetszett, főleg, hogy nagyon finomakat főzött a két lány. Susan is boldog volt, hogy férje visszatalált régi önmagához.

Judy Smith hadnaggyal is rendszeresen találkozhatott. A kitalálós bűnügyi játék megmaradt Judy kérésére, sőt néha kitalált eseteket azért, hogy észre veszi-e a különbséget a valódi és a kitalált esetek között. A hadnagynak nem volt szerencséje, mert Judy mindig észrevette a különbséget. A munkatársai pedig rendszeresen megjegyezték neki, hogy milyen boldog egy-egy Judyval töltött hétvége után.

Judy egyre okosabb lett, és egyre logikusabban tudott gondolkodni. Már ötéves lett, amikor egyszer kíváncsiságból benyitott Charles magánszobájába. Körülnézett, hogy miért is olyan titkos ez a szoba Susan és az ő számára. Lélegzetvisszafojtva osont az asztal felé. Papírhalmot talált az asztalon, rajta számokkal, megjegyzésekkel, nyilakkal. Ahogy nézte a papírokat, kezdett logikát találni a számok között. Míg vizsgálgatta a papírokat, Charles lépett be a szobába. A férfi először meglepődött, majd haragra gerjedt és elkezdett kiabálni:

– Mit keresel itt? Susan nem mondta, hogy ide soha nem teheted be a lábadat? Ha összecserélsz nekem két lapot, akkor annyi a munkámnak! Kifelé!

– Nem nyúltam semmihez – próbált védekezni Judy –, csak kíváncsi voltam mit dolgozol – görbült sírásra a szája.

– Kicsi vagy te még ehhez, maradjunk ennyiben – mondta még mindig mérgesen a férfi.

– De szerettem volna megérteni, hogy ezek a számok miért mutatnak negatív irányba.

– Milyen számok? Milyen negatív irányba? – lett ismét nagyon mérges Charles. Ugyanakkor ideges is lett és hirtelen kiverte a víz, mert lehet, hogy a kislány megtalálta azt a hibát, amit ő annyi ideje keresett...

– Ezek a számok – mutatta Judy a papírt –, ha jól megnézem, akkor azt mutatják, hogy baj van a számok összegével, és a nullától balra mennek, nem jobbra. – Charles közelebb lépett az asztalhoz, hogy lássa, mire mutat Judy. Ezt nem hiszi el! A kicsi lány megtalálta a hibát a számításban.

– Hol tanultad ezt? Mármint honnan tudtad ezt kiszámolni, hogy hol a hiba?

– Nem tudom – mondta Judy sírva –, csak egyszerűen öszszefolytak a számok egy halmazba a szemem előtt, és megjelent egy kérdőjel az egyik szám előtt.

– Basszus. Megtaláltad azt a hibát, amit én napok óta keresek – rogyott le az asztal melletti székre Charles. – Ilyen nincs. Tényleg nem tanultál még ilyet?

– Nem – ingatta sírva a fejét Judy.

– Oké – sóhajtott egy nagyot Charles, és nyugodtabb hangon folytatta:

– Akkor most menj fel a szobádba, kérlek. Később beszélünk még.

Judy szaladt felfelé a lépcsőn, közben potyogtak a könnyei. Susan épp akkor lépett ki a fürdőszobából.

– Mi történt? – kérdezte Charlest.

– A gyerek megoldotta azt a problémát, amit én napok óta keresek. Nem értem, hogy volt képes rá.

– Nyugodj meg, kérlek! – csitítgatta Susan a férfit. – Biztos vagy benne?

– Igen. Épp az előbb mondta el nekem, hogy hol van a hiba. Néha van egy olyan érzésem, mintha egy boszorkány bújt volna el benne.

– Ne beszélj butaságokat!

– De igen! Akkor hogyan tudott erre rájönni? – mutogatta nagy hévvel Charles a papírhalmon a számokat.

– Nem tudom, én nem értek hozzá. Biztosan van rá valami logikus magyarázat. Vigyük el a gyereket egy vizsgálatra, ahol tudnak ilyenben segíteni!

– Azt már nem! Nem hiszek mindenféle kütyüknek.

– Akkor hagyd ezt abba és fogadd el, hogy okos a kislány!

– Rendben – fogta két keze közé a fejét Charles –, inkább tesztelem itthon a kicsi lányt. Még a hasznomra lehet.

– Oké. Akkor megnyugodtál? – lépett közelebb Susan a férfihoz. Úgy állt meg mellette, hogy a férfi az arcát a hasa és a melle közötti részre tehesse, ő pedig gyengéden simogatta a férje fejét. Ez mindig megnyugtatta Charlest. Susan érezte, ahogy a férje légzése lassabb lesz, majd elkezdi csókolgatni a hasát, majd még lejjebb merészkedett. Susan hagyta. Oly régen vágyott már a férfi gyengéd érintéseire és úgy érezte, hogy most eljött a pillanat. Nem törődtek azzal, hogy a kislány mit csinál, élvezték a pillanatokat. A férfi gyengéden felültette az asztalra a nőt, majd ugyanolyan gyengéden magáévá tette. Régóta nem voltak így együtt. Mindketten érezték, hogy mióta ez a kicsi lány velük van, mintha kettőjük kapcsolata is a régi lenne, olyan, mint amikor 8 évvel ezelőtt megismerkedtek.

Eközben Judy a szobájában sírt. Nem értett semmit. Sem azt nem értette, hogy mi azon olyan titkos, amit Charles csinál a számokkal, sem azt, hogy miért látta azokat a számokat olyannak? Teljesen meg volt zavarodva. Úgy érezte, hogy valami különleges van az agyában, de nem tudta, mi az. Nem tudta összetenni a részleteket. Egyre inkább csak a számok kavarogtak az agyában. Már a feje is belefájdult. Arra emlékezett, hogy mikor ennyire fájt a feje, anya azt mondta, hogy menjen ki a levegőre és fusson egyet. Nem tudott másra gondolni, mint hogy most is ezt tegye, annyira hasogatta a fejét valami belülről. Úgy érezte, hogy ha most nem megy ki a levegőre, akkor szétrobban a feje. Nem törődött semmivel, lerohant a lépcsőn, felkapta a cipőjét és rohant kifelé az ajtón. Csak futott, csak futott. Azt sem tudta, merre megy, mert futás közben egyre potyogtak a könnyei. Kb. 15 perc után érezte, hogy kezd elmúlni a fejfájása, nem hasogat már annyira. Megállt. Körülnézett. Próbálta felismerni a környéket, de nem sikerült. Kicsit kétségbeesett. Majd meglátott egy rendőrautót lassan közeledni. Elindult az autó felé. Mikor odaért mellé az autó, megállt és kiszállt belőle két rendőr, egy férfi és egy nő. Odaléptek hozzá.

– Szia! Hogy hívnak? – kérdezte a nő.

– Judy. Judy Peterson.

– Oké, Judy. Itt laksz a környéken?

– Nem.

– Meg tudod mondani, hol laksz?

– Saint Terez 2340.

– És mit keresel ilyen messze onnan?

– Csak futottam és eltévedtem.

– Megszöktél otthonról?

– Nem. Illetve lehet. Annyira fájt a fejem, hogy muszáj volt levegőre mennem, de Susannak nem tudtam szólni.

– Susan a nővéred?

– Nem. A nevelő anyukám.

– Oké. Gyere, hazaviszünk!

Közben Susan és Charles is kijöttek a szobából és nyitva találták az ajtót. Susan kétségbeesetten rohant fel Judy szobájába, de nem találta ott. Közben Charles kint kereste a kislányt az udvaron. Sehol sem találták, ezért Susan gyorsan feltárcsázta Smith hadnagyot.

– Hadnagy úr! Judy elszökött – hadarta Susan kétségbeesve.

– Várjon! Hogyhogy elszökött?

– Nem találjuk sehol.

– De miért szökött el?

– Charlesszal volt egy kis vitájuk. Felszaladt a szobájába, mi meg Charles szobájában... hogy is mondjam, szóval elvoltunk, és nem figyeltünk oda. Biztos közben szökhetett el.

– Ez mennyi ideje volt?

– Kb. 15 percet voltunk a szobában együtt.

– Az alatt messzire juthatott. Oké. Próbáljon megnyugodni! Beszólok a központba, hátha egy járőr látta őt. Annyit mondjon még, hogy milyen ruha volt rajta.

– Ha jól emlékszem, akkor a kedvenc fekete színű nadrágja volt rajta és egy fehér póló, amin itt-ott rózsák vannak. Kérem, szóljon azonnal, ha tud róla valamit!

– Azonnal szólok.

– Köszönöm – mondta Susan sírástól elfojtott hangon.

– Központ, itt Roger Smith hadnagy. Egy ötéves kislány eltűnt otthonról. A neve Judy Peterson. A kislány fekete színű nadrágot és fehér pólót visel, amin apró rózsák vannak. Kb. 130 cm magas a kislány. Okos, értelmes. Lehet, hogy kicsit meg van ijedve, mert összeveszett a nevelőapjával. Kérem, szóljon minden járőrnek, hogy ha valaki látta a kislányt, akkor szóljon be! Értesítsenek engem is, ha megvan a kislány!

A központban azonnal leadták a riasztást. Azok a rendőrök is hallották, akik megtalálták Judyt. Azonnal beszóltak a központba.

– Na, kicsi lány, ez te leszel. Látod, már hiányzol is a szüleidnek.

– Csak a nevelőszüleim. Az igazi szüleim meghaltak több mint egy évvel ezelőtt – mondta Judy szomorúan.

– Központ. Itt a 414-es járőr. Nálunk van a kislány. Visszük haza. Fújják le a keresést!

– 414-es, itt a központ. Köszönöm az értesítést. Minden járőrnek, figyelem! Megvan a keresett kislány, ismétlem, megvan a keresett kislány! Akció lefújva!

Értesítették közben Smith hadnagyot is, aki szólt a szülőknek, hogy Judy úton van hazafelé.

A férfi járőr hátranézett a visszapillantó tükörben, hogy lássa, minden rendben van-e a kislánnyal. Azt látta, hogy Judy lefeküdt a hátsó ülésen és mély álomba szenderült. Intett a társának, hogy nézzen hátra.

– Nagyon kifáradhatott a futásban, ha így elaludt – mondta a nő a társának. – Imádom nézni így a gyerekeket. Ilyenkor olyan aranyosak. Jó lenne tudni, hogy ez a kicsi lány miért is rohant el otthonról. Néha nem értem a szülőket.

– Megérkeztünk – mondta a férfi kb. 10 perccel később a társának.

– Felébresztem, bár nincs szívem hozzá, olyan aranyosan alszik. Kicsi lány, ébresztő! Hazaérkeztünk!

Judy lassan kinyitotta a szemét.

– Jól kifáradhattál a futásban. Elég messze kerültél otthonról. Jót aludtál?

– Igen. Köszönöm – mosolygott Judy a rendőrnőre.

Közben Susan is észrevette a rendőrautót, amint megállt a ház előtt. Szaladt az autóhoz.

– Jó napot, asszonyom! Meghoztuk a lányát. Jó messzire került itthonról. El is aludt visszafele a hátsó ülésen.

– Judy, hála az égnek, hogy megvagy! – ölelte meg Susan a kislányt.

– Szia, kicsi lány! – mondta Charles is, aki közben szintén odaért az autóhoz. – Nem esett bajod?

– Nem – mondta Judy még kicsit álmosan.

– Gyere be! Készítünk egy finom teát. Köszönjük, hogy hazahozták Judyt.

– Igazán nincs mit, asszonyom! De legközelebb jobban figyeljenek oda. Szerencsére most nem történt baj.

– Azon leszünk! Még egyszer köszönjük! – fogott kezet Charles a rendőrökkel.

Judy befelé menet visszaintegetett a rendőröknek. A rendőrök is visszaintegettek neki.

– Ezért érdemes volt ma felkelni. Remélem, hogy nem volt nagyobb zűr a családban, hogy a kislány elszökött.

– Ezt sosem fogjuk megtudni – mondta a rendőrnő.

Míg Susan feltette a teának a vizet, addig Charles Judyt faggatta a nappaliban a kanapén ülve.

– Elmondod nekem, hogy miért szöktél meg? – kérdezte Charles nyugodtan. Legalábbi próbált nyugodt maradni, mert ez a kicsi lány mindig az idegein táncolt. Amikor már kezdi azt hinni, hogy minden rendben van, akkor megszökik.

– Nem szöktem meg, csak nagyon fájt a fejem, és mivel nem voltatok sehol, ezért kiszaladtam levegőzni. Aztán meg csak úgy elindult a lábam, és csak futottam, futottam.

– Mennyire fájt a fejed? – kérdezte Susan.

– Úgy fájt, mintha össze akarnák szorítani valami kemény tárggyal. Volt már ilyen kisebb koromban is, akkor azt mondta az anyukám, hogy menjek ki levegőzni, azért mentem ki, csak nem tudtam nektek szólni.

– Biztos, hogy nem akartál megszökni azért, mert mérges voltam rád? – kérdezte Charles.

– Esküszöm neked, hogy nem – mondta könnyekkel a szemében Judy –, hinned kell nekem!

– Rendben, hiszek neked. Azonban azt még mindig nem értem, hogy hogyan láttad azokat a számokat úgy, ahogy én nem?

– Nem tudom. Tényleg nem tudom. Csak ránéztem a papírlapokra, és a számok egymás alá rendeződtek a szemem előtt, és a végén a szám piros lett, és egy síró fej jelent meg mellette. Innen gondoltam, hogy nem jó dolgot mutat az a szám.

– Oké. Megnéztem a számokat, és tényleg negatív eredmény
jelent meg. Tudod, mi az?

– Nem – intett a fejével Judy.

– Azt jelenti, hogy a számok azért sírnak, mert nem jó dolgok
történnek velük, hanem rosszak. A vállalat, ahol dolgozom, en-
gem bízott meg azzal, hogy nézzem át egy másik vállalat pénz-
ügyi eredményeit, mert a főnököm szerint a vállalatnál néhány
bácsi rossz dolgokra költi a pénzt. Érted, hogy mit mondok?

– Nagyjából. Nagy gond lenne, ha megkérnélek arra, hogy ta-
níts engem meg ezekre a számokra, hogy jobban láthassam őket?

– Ötévesen? Kicsit fiatal vagy még ehhez szerintem!

– És úgy sem tudod elmagyarázni, hogy én is megérthessem
ezeket a számokat, ilyen kicsiként?

– Megpróbálhatjuk.

– Mikor kezdjük?

– Máris szeretnél tanulni?

– Igen, nagyon – mondta Judy

Charles Susanra nézett, aki bátorítón nézett vissza a férjére.

– Rendben. Csináljuk meg a teát, üljünk oda a konyhaasztal-
hoz és kezdjük a tanulást, ha nagyon szeretnéd.

Judy szeme felcsillant. Maga sem tudta igazán megmagya-
rázni, hogy miért is szeretne ilyen dolgokat megtanulni, csak
azt érezte, hogy muszáj megtudnia, mivel is foglalkozik Charles.
Elkészítették együtt a teát, odaültek a konyhaasztalhoz, Susan
pedig kiment a teraszra telefonálni.

– Jó napot, Susan! Miben segíthetek? – szólt bele a vonal vé-
gén Smith hadnagy a telefonba. – Remélem nincsen baj megint!

– Jó napot! Nincs, sőt ellenkezőleg, minden rendben van.
Azonban Judy azt mesélte, hogy azért futott el, mert nagyon
fájt a feje, és hogy ilyet már régebben is érzett. Tudom, hogy
önhöz közel áll a gyerek és gondoltam, hátha tud valami olyat
róla, amit én nem.

– Nem tudok erről semmit, de ha szeretné, akkor utánajárok.

– Természetesen, megkérném rá.

– Rendben, jelentkezem, amint tudok valamit.

– Köszönöm.

– Nincs mit.

Közben Charles elmagyarázta Judynak a számok világát, miszerint vannak a számok, melyek lehetnek egyjegyűek, kétjegyűek és így tovább. Vannak pozitív és negatív számok, és ha a számokat összeadjuk vagy kivonjuk, akkor különböző eredményeket kapunk. Alapvetően a számok 1-9 közöttiek, de ha ezeket a számokat egymás mellé tesszük, akkor már más számokat kapunk. Ilyen nagy számokat látott Judy a papíron, és a síró szám egy negatív szám volt.

Judynak 20 perc után kezdett fájni a feje a sok információtól. A tea sem segített, így szépen megköszönte a tanítást és felment a szobájába.

– Szerinted értett ebből bármit is ez a kicsi lány? – kérdezte Charles Susant.

– Én nem értek úgy a számokhoz, mint te, de szerintem igen, ez majd később kiderül.

– Holnap felteszek neki egy egyszerű kérdést, és ha tud rá válaszolni, akkor megértette azt, amit most itt mondtam neki. Nézzünk valami filmet?

– Nézzünk, már úgyis elég késő van máshoz. Csak előtte lefektetem Judyt.

– Rendben, addig keresek valami filmet.

Susan felment Judyhoz, aki az ágyán ült, kezében a tigrissel.

– Minden rendben?

– Igen, csak már kezdett zúgni a fejem a sok információtól. Jó volt, amit Charles mondott, csak hirtelen sok volt. Lehet, hogy tényleg kicsi vagyok még ehhez.

– Lehet, de azt is tudni kell, hogy ha Charles belemerül a magyarázatba, akkor annak se vége, se hossza, főleg, ha a munkájáról van szó.

– De engem tényleg érdekel, hogy mivel foglalkozik egész nap. És a te munkád is érdekel. Te is elmondod egyszer, hogy mit is csinálsz egész nap?

– Igen, de most irány fürödni és lefeküdni. – Judy tíz perc múlva kész volt.

– Lemehetek elköszönni Charlestól?

– Menjél.

Judy lesietett a lépcsőn, befordult a nappaliba és megállt Charles előtt, aki a kanapén ült.

– Köszönöm a tanítást, de most muszáj aludnom menni. – Közelebb lépett Charleshoz és puszit nyomott az arcára. – Jó éjt, apa!

Charles megmerevedett erre az utolsó szóra: *apa*. Mivel még nem volt gyermeke, ezért ez a szó nagyon furcsán hangzott neki így elsőre. Ugyanakkor hirtelen nagyon melege lett.

– Jó éjt kicsi lány! – Hirtelen nem tudott mást kinyögni a meglepetéstől.

Mikor Susan visszatért hozzá, még mindig ott ült a kanapén meglepetten.

– Minden rendben van, drágám? – kérdezte Susan Charlestól. Charles mintha álomból ébredt volna.

– Persze, csak Judy... – nem volt képes befejezni a mondatot

– Csak Judy mit csinált? – érdeklődött Susan.

– Csak Judy azt mondta nekem, hogy *apa*. – Mikor kimondta azt a szót, hogy *apa*, megint valami furcsa melegség futott át rajta.

– Azt mondta neked, hogy *apa*? Ez nagyszerű, drágám.

Susan másnap felhívta a hadnagyot az orvos telefonszáma miatt. Utána felhívta az orvost, aki nagyon kedves volt, és már időpontot is adott nekik egy héttel későbbre. Azt is mondta, hogy úgy készüljenek, hogy legalább egyórás lesz a vizsgálat, és a kislányt valami laza ruhába öltöztessék és ne szóljanak neki.

Gyorsan eltelt a hét. Susan nem szólt Judynak a vizsgálatról, hanem mikor elindultak az orvoshoz, akkor annyit mondott, hogy egy vizsgálatra mennek a fejfájása miatt. Judy nem is kérdezősködött. Mikor odaértek a megadott címre, meglepődtek. Egy magánorvosi központ volt, ami nem is nézett ki annak. A doktornő nagyon kedvesen fogadta őket. Bekísérte őket egy szobába. A szoba egyszerűen, mégis ízlésesen volt berendezve. A szoba egyik falán üvegajtó volt, ami egy szobába nyílt, melynek egyik részén orvosi berendezések voltak, másik része tornateremszerűen volt berendezve.

– Nos. Judy, ha jól emlékszem a nevedre.

– Igen.

Most bemegyünk abba a szobába és csinálunk pár mérést a gépekkel, meg majd tornázunk is egy kicsit. Mindig elmondom, hogy mi történik, és ha valami nem jó vagy nem tetszik, akkor szóljál. Rendben?

– Igen.

– Menj akkor előre, kérlek, az asszisztensnővel, és mindjárt megyek én is, csak beszélek még pár szót a szüleiddel.

– Rendben.

– Akkor mi elkezdjük a vizsgálatot. Mindent hallani és látni fognak. Ha valamivel nem értenek egyet, akkor ezzel a gombbal jelezzék, kérem – mutatott az ajtótól nem messze egy gombra a doktornő.

– Köszönjük.

Tényleg kb. egy órát tartott a vizsgálat. A doktornő mindenféle orvosi berendezéssel megvizsgálta Judyt, aki néha felnevetett, hogy csiklandozza a műszer, néha pedig látszott, hogy nagyon koncentrál. A torna tetszett neki a legjobban. Mindenféle gyakorlatot kellett csinálnia, majd végül memóriateszt következett. Abban nagyon jó volt Judy. A doktornő nem hitt a szemének az eredmények láttán. Megkérte a kislányt, hogy menjen ki egy kicsit az asszisztensnővel egy másik szobába, hogy tudjon beszélni a szüleivel.

– Kedves hölgyem, kedves uram! Ez a kis hölgy igen intelligens a korához képest.

– Ez mit jelent? – kérdezte Susan.

– Mondom máris. A műszerek szerint nem nagyobb az agya, mint bármelyik gyereknek ilyen korban. Azonban maga az agy intenzitása kétszer gyorsabb, mint a vele egykorúaké. Ez azt jelenti, hogy gyorsabban felfogja a dolgokat mint társai, és azokat elraktározva a megfelelő időben ugyanúgy adja vissza, ahogy azt én elmondtam neki. Ezt fotografikus memóriának szoktuk nevezni. Ritka az ilyen gyerek. Próbáltam őt lefárasztani a tornával, de míg más gyerek már kifullad ilyenkor a fáradtságtól, nála pont az ellenkezőjét értük el: annál nagyobb lett az agyi aktivitása. Mintha a mozgás még jobban aktiválná az agyának a memóriaközpontját.

– Doktornő, akkor Judy most miféle kislány?

– Azt nem tudom pontosan megmondani most még. Csak annyit, hogy ő jóval a kora felett van intelligenciában és tudásban. Az orvostudomány nem tud ezekre magyarázatot adni, hogy miként születnek ilyen gyerekek, mint ahogy az autistákat sem lehet kiszűrni az anyukájuk pocakjában.

– Akkor most mi mit tehetünk?

– Egy biztos, speciális fejlesztés kell a kislánynak.

– Mit ért ezalatt?

– Hogy a hagyományos iskolában unni fogja magát. Kétszer olyan gyorsan tanul, mint a korosztálya.

– Mi történik akkor, ha nem akarjuk speciális iskolába küldeni? Nem szeretnénk kitenni sem őt, sem magunkat annak, hogy zseninek tartsák és neveljék őt – mondta Charles.

– Akkor amint mondtam, unni fogja magát a suliban. De a kislány értelmes, így meg is lehet vele beszélni, hogy foglalja el magát úgy, hogy ne vegyék észre, hogy unatkozik. Önök pedig otthon tudnak foglalkozni vele pluszban, vagy plusz órákra járatják, vagy egyszerűen vesznek neki könyveket vagy számítógépet, amiből többet tanulhat. Ahogy szokták mondani, amit megtanulunk, azt nem veheti el tőlünk senki.

– Ez jó kihívás nekünk – mondták majdnem egyszerre.

– Higgyék el, Judyból nagyon értelmes lányt tudnak nevelni, ha önök is akarják és önökön múlik, hogy taníttatják őt, foglalkoznak vele, vagy hagyják, hagy sodorja őt az élet, ahova esetleg nem szeretnék. Ha bármiben tudok még segíteni a későbbiekben, szóljanak nyugodtan. Ismerek olyan embereket, akik ilyen gyerekekkel foglalkoznak, és akiket köt a titoktartás. Sok önökhöz hasonló szülő van, a társadalom mégsem tud róluk... Így mindenki éli az életét és mégis mindenki boldog. Gondolkodjanak ezeken nyugodtan! Az idő önöknek dolgozik, nem önök ellen.

– Köszönjük, doktornő! Viszlát!

– Viszontlátásra!

Mikor kifelé mentek, a doktornőhöz visszament az asszisztensnője.

– Nos! Mi a véleményed?

– A szokásos. Átlagos család, akiknek ugyan van pénzük, de szembesülniük kellett azzal, hogy egy félig zseni gyereket sikerült örökbe fogadniuk. Erről előre nem tudhattak, mert a vér szerinti szülők ezt a sírba vitték. És ami érdekes: a kislány sem tud a képességeiről. Ebből arra következtetek, hogy a szülőknek nem volt idejük elmondani a dolgot, de lehet, hogy maguk a vér szerinti szülők sem fedezték fel a kislányban a különlegességet. Még nagyon fiatal, így még sok minden előtte áll. Rajta és a szülőkön múlik, hogy mennyire használják ki a kislány képességeit. Egy biztos: ez a kislány különlegesebb, mint akikkel eddig találkoztunk, és ha szerencsénk van, akkor még hallunk felőle.

Susan úgy érezte magát, mint akit egy jó nagy bunkóval fejbe vertek. Csak egy gyereket szeretett volna örökbe fogadni, de nem gondolta volna, hogy egy különleges kislányt kap az élettől. Örült is, meg nem is. Már a kuruzslónál tett látogatás után is tudta, hogy nem egy hétköznapi gyereket fogadtak örökbe, de ez a mai vizsgálati eredmény sokkolóbb volt a kuruzsló szavainál. Vagy mégsem? Talán az elvesztett babáért és a baleseti sérülésekért így akarja kárppótolni őket az élet? Kezdett hinni ezekben a dolgokban. De vajon Charles mit szól mindehhez? Ő is így gondolja a dolgokat? Este mindenképpen elbeszélgetnek erről. Tudnia kell, hogy mit gondol a férje.

Miközben ezek a gondolatok jártak a fejében, hazaértek. Kiszálltak az autóból.

– Judy, elmehetsz játszani, ha szeretnél. Nekünk Charlesszal beszélgetnünk kell. De ne menj messzire.

– Rendben. Odamegyek Steve-ékhez, jó?

– Tökéletes.

Susan és Charles a konyhában ültek le. Onnan szemmel tarthatták Judyt.

– Mit gondolsz a kislányról és a doktornő véleményéről? – kérdezte a férjét Susan.

– Nem is tudom. Olyan, mintha egy űrbéli lényt fogadtunk volna örökbe – válaszolta Charles. – Kicsit hihetetlen a dolog, de egy biztos: én nem szeretném, ha mindenki tudná, hogy mire képes a kicsi lány. Ha így is, úgy is jó tanuló lesz, az jó.

Majd foglalkozom vele itthon én, tanítgatom. Láttad, mit művelt múltkor a számokkal. Meg lehet őt tanítani dolgokra úgy, hogy ne tudjanak róla a suliban, szerintem. Elég okos lány, hogy megértse, és ne beszéljen ezekről a képességeiről senkinek. A munkahelyemen sem szeretném, ha tudnának róla. Az én pozíciómban ezt nem engedhetem meg. Arról nem is tudsz, hogy zongorázni is tud.

– Erről honnan tudsz?

– Egyik éjjel együtt zongoráztunk.

– És ezt mikor akartad elmondani? – nézett a férjére kicsit dühösen Susan.

– Nyugi drágám! Elmondtam volna egyszer.

Susanban meghűlt a vér. Ezt kérdezte a kuruzsló, hogy nem ért-e Judy Charleshoz. Lehet, hogy akkor igen?

– Oké – próbált Susan nyugodt maradni. – És mi az, amiről még nem tudok?

– Csak ennyi történt, illetve a büntetése utáni éjszakán is zongoráztunk együtt.

– És hozzád ért valahol?

– Ez milyen kérdés?

– Bocs. Arra gondolok, hogy megfogtad-e a kezét, hogy megmutasd neki, hogy hogyan kell leütni a billentyűket.

– Nem. Tud már zongorázni egy kicsit. Egyébként ő ért hozzám, miután zongoráztunk: a kezét a kezemre tette, és valami furcsa érzés futott át rajtam.

– A kuruzsló jól mondta – mondta halkan Susan, Charles azonban meghallotta.

– Mit mondtál? Milyen kuruzslóról beszélsz?

– Senkiről.

– Susan! – kezdett a férfi kicsit dühbe gurulni.

– Oké. Elvittem egy olyan hölgyhöz, aki látó, vagy minek hívják őket. Ő mondta, hogy Judy különleges lány, olyan, aki képes lehet az embereket meggyógyítani a szeretetével.

– És ezt te elhiszed?

– Igen. Téged is meggyógyított. Nézz magadra, visszatért az a Charles, akibe beleszerettem évekkel ezelőtt. A baleset után nagyon megváltoztál, de ez a kicsi lány visszahozta beléd az életet – mondta Susan könnyekkel a szemében. Nagyon rég nem sírt már, így Charles is meglepődött a felesége könnyein. A baleset óta tényleg eltávolodtak egy kicsit, de be kellett látnia, hogy ez a kicsi lány visszahozta az életet belé is.

– Ebben igazad van – mondta csöndesen Charles, majd odalépett a feleségéhez és átölelte. Ott álltak a konyha közepén egymást ölelve, mint a szerelmesek. Rég nem éreztek ilyet egymás iránt. Aztán finoman összeért az ajkuk. Olyan finoman, mint amikor először találkoztak. Mindketten érezték, hogy erre már régen szükségük volt, de senki nem tudta eddig meggyógyítani a bennük lévő sebeket.

– Khm. Bocsi. Zavarok? – lépett be Judy az ajtón.

– Gyere csak, csöppség – válaszolta Charles.

– Csak pisilnem kell, és megyek is. Akartok most papás-mamást játszani?

– Hé, kisasszony! Milyen beszéd ez?

– Bocs, de már elég régóta tudom, hogy a gyerekeket nem a gólya hozza.

– Honnan tudod?

– Onnan, hogy a régi ovimban volt egy néni, aki vékony volt, és egyszer csak elkezdett nőni a pocakja. Mindig csak nőtt, csak nőtt, és egyszer csak eltűnt a pocakja és lett egy babája. Na, ne akard bemesélni nekem, hogy ezt a gólya műveli! Azt viszont nem tudom, hogyan kerül a nénik pocakjába a baba.

– Oké, kisasazony! Köszönjük az előadást! Menj pisilni, aztán beszélgessünk.

– Nem mehetnék inkább még játszani? Mikor sötét lesz, ráérünk beszélgetni.

– Na, jó. Menj utána játszani! – mondta Charles megenyhült hangon.

– Nos, erről beszéltem – mondta Susan. – Kedvesen beszéltél vele, pedig nem akartad őt örökbe fogadni.

– Mert tényleg van benne valami furcsán aranyos. Mint mondtam, tanítom és keresek neki délutáni elfoglaltságot is. A zongora biztos, és a hangját is képezni kell. Hallottad te is, hogy milyen szépen énekel. A többit meg meglátjuk, ha iskolás lesz. Apropó, iskola. Lassan el kell döntenünk, melyik sulit választjuk.

– Igen, ez így van. Mit szólnál a College Institut-hoz... – említette meg Susan egy közeli, jó hírű iskola nevét.

– Hm. Én inkább egy másikra a College Higher-re gondoltam. De lesznek majd nyílt napok, és akkor elmehetnénk együtt.

– Ez jó ötlet, drágám!

– Bocsi – zavarta meg őket Judy –, mi lesz vacsira? Kezdek éhes lenni.

– Mit szeretnél enni?

– Palacsintát!

– Palacsintát? Hm. Átgondolom – csinált úgy Susan, mint aki jól átgondolja, hogy nekiálljon-e palacsintát sütni, vagy inkább elmenjenek a kedvenc helyükre. Ránézett Charlesra, mint aki tőle várja a választ.

– Szerintem irány a palacsintázó! – mondta Charles hirtelen.

– Szupeeeeer! – újongott Judy.

– Akkor viszont köszönj el a barátaidtól.

A palacsintázóban Judy degeszre ette magát, viszont Susan és Charles egyfolytában puszilkodtak és flörtöltek. Judy nem bánta, örült annak, hogy Charles nem olyan szigorú már hozzá. Este hamar elaludt, így a két felnőtt önfeledten élvezhette egymás társaságát.

Hamarosan eljött egy újabb hétvége, amikor Judy találkozhatott Smith hadnaggyal. Megint nagyon várta a találkozást, mert sok mindent akart elmesélni.

– Jó napot, Susan! Jó napot, uram!

– Jó napot, hadnagy úr! Kérem, hívjon minket nyugodtan a keresztnevünkön.

– Köszönöm. Önök is szólítsanak nyugodtan Rogernek.

– Szia! – köszönt Judy a hadnagynak, mikor meglátta.

– Szia, kicsi lány! Jól vagy?

– Igen.

– Akkor holnap hozom őt a szokásos időben.

– Rendben. Betettem mindent a táskába. Jó mulatást!

– Sziasztok!

– Csicseregj, kicsi lány! Gondolom, van mit mesélned! – mondta a hadnagy a kocsiban.

– Van! Képzeld el, Susan és Charles iszonyú szerelmesek.

– Ezt honnan tudod?

– Nem nehéz észrevenni, amikor a felnőttek folyamatosan puszilkodnak és mosolyognak egymásra, és rám oda sem figyelnek. Na, mi erre szoktuk azt mondani az oviban, hogy „pfúj, de nyálas". – A férfi ezen csak mosolygott. Hiányzott neki a kicsi lány szókimondása.

– Aztán képzeld, voltunk egy doktornőnél.

– Beteg voltál?

– Á, dehogy! Ez egy olyan doktornő volt, aki műszerekkel megvizsgált, aztán tornáznom kellett, majd memóriajátékot játszottunk.

– Ez érdekesnek tűnik. – A hadnagy úgy tett, mintha nem tudna semmiről, pedig Susan felhívta és elmondta ezeket a dolgokat. – Na, és mi lett az eredmény? Okos vagy, nem?

– Állítólag okos vagyok. De ezt nem mondták nekem, csak láttam a doktornő arcán, hogy sokszor meglepődött az eredményeken.

– Akkor biztos nagyon okos vagy! – mondta enyhe gúnnyal a szavaiban a férfi.

– Na, nem kell bántani a kicsit csak azért, mert valamivel okosabb vagyok! – vágott vissza Judy úgy, mintha megsértődne. Tudta, hogy a hadnagy játszik vele.

– Oké. Akkor kössünk békét!

– Rendben.

– Park vagy óceán part?

– Nem mehetnénk fel Hegyi Papához? Nagyon régen nem láttam.

– Nem beszéltük meg vele. Szerinted örülni fog, ha csak így meglátogatjuk?

– Hegyi Papa szereti a meglepetéseket.

– Biztos?

– Tuti.

– Rendben. Merre kell menni?

– A városból ki, fel a 4-es útra, onnan egyenesen kell menni 10 km-t, majd lefordulni az erdőbe, de szólok időben.

– Akkor menjünk.

Sokáig utaztak, így volt idejük beszélgetni. Sok mindenről beszélgettek. A hadnagy sok mindent megtudott Judyról, és ő is sok mindent elmesélt.

– Lassíts egy kicsit, mert nemsokára le kell fordulni az erdőbe. Kb. 300 méter.

– Rendben.

– Látod azt a kiálló fát?

– Azt ott, kb. 200 méterre?

– Igen. Ott kell befordulni az erdőbe.

A hadnagy lassított, majd behajtott az erdőbe a kislány által meghatározott helyen. Először azt hitte, rossz helyen fordult be, de 250 méter után az erdő kicsit kiritkult, és egy kitaposott autóút vezetett tovább az erdőbe be. A főúttól kb. 1 km-re megérkeztek egy kis tisztásra, amelynek végében egy nem is olyan kicsi faház állt. A hadnagy lassan ment, mert látta, hogy egy férfi közeledik feléjük puskával a kezében. Megállt az autóval, majd azt vette észre, hogy Judy kiugrik az autóból és rohan a férfi felé. Amikor a férfi felismerte a kislányt, leengedte a fegyverét és hagyta, hogy a gyerek a nyakába ugorjon.

– Szia, kicsi királylányom! De rég láttalak! Hogy megnőttél!

– Szia, Hegyi Papa! Gyere, bemutatok neked valakit! Nagyon jó barátom, és zsaru. – Ez utóbbit belesúgta a férfi fülébe.

– Jó napot! Roger Smith vagyok.

– Jó napot! Jack Karl vagyok.

– Alias Hegyi Papa – szólalt meg Judy, mire mind a két férfi mosolyogva nézett rá.

– Nem lehet mellette unatkozni, igaz? – mondta Jack.

– Nem. Nekem még nem sikerült.

– Akkor van csak csöndben, ha alszik, na meg ha eszik, egyébként be nem áll a szája.

– Ezzel egyetértek!

– Én is itt vagyok, ha nem vennétek észre!

– Judy! – szóltak rá egyszerre a férfiak.

– Bocsi...

– Gyertek be! Tegeződhetünk? – kérdezte Jack.

– Természetesen. Köszönöm.

– Van valami finomságod? – kérdezte Judy.

– Mit ennél?

– Egy kis vadhúst.

– Nyulat, fácánt?

– Ami gyorsan készen van. Kezdek éhes lenni.

– Akkor fácán sütve.

– Fincsi lesz! Segíthetek?

– Ez csak természetes!

– És királyi lakomát ülünk?

– Az is lehetséges.

A hadnagy hallgatta a két ember beszélgetését. A kislány ragyogott a boldogságtól. Látszott rajta, hogy nagyon szereti a férfit, és szeret itt lenni vele.

– Menj, szedjél rőzsét! De várj, szerintem öltözz át. Tudod, hol találod a ruháidat.

– Igen. Sietek! – Judy berohant a házba.

– Aranyos kislány – mondta Jack. – Nem lehet nem szeretni!

– Tudod ugye, hogy mi történt?

– Igen. Gondolom te vagy az a hadnagy, aki a segített neki. – Látszott Jacken, hogy nem akar a történtekről beszélni.

– Igen. Most ugyan új szülei vannak, de megengedték, hogy havonta egyszer-kétszer találkozzunk, ahogy a munkám és az ő elfoglaltságai megengedik.

– Azt tudod, hogyan dolgozta fel azt, ami történt?

– Nem. Néha mesél a szüleiről, hogy álmodott velük, de igazából ennyi. Nem beszél róla többet, így nem tudom, hogy milyen nyomot hagyott a lelkében a dolog.

– Este képes inkább mélyebb dolgokról beszélni. Meglepődnél, milyen értelmes és milyen meglátásai vannak. Olyan, mintha egy felnőtt lenne gyerektestben.

– Ezek szerint te jól ismered őt.

– Azt azért nem mondanám, de elég sokszor aludt nálam és sokat beszélgettünk, főleg éjszaka a csillagokat nézve. Olyankor olyan volt a kicsi lány, mint amikor Hamupipőke éjszaka királylánnyá válik, ha érted, mire gondolok.

– Igen. Ezt már én is tapasztaltam, mert mikor még az árvaházban volt, aludt nálam párszor. Bár nálam inkább aludt.

– Hahó, fiúk! Megjöttem!

– Ez aztán a szerkó! – csodálkozott el a hadnagy, mikor a cowboyszerű ruhában meglátta Judyt.

– Tetszik? Te is kaphatsz, ha kérsz. Apa régi ruhái között van bőven.

– Köszönöm, de nekem megfelel a sajátom.

– Most már mehetek?

– Igen, de ne menjetek messzire.

– Oké. Buck, gyere! – szólt oda a bernáthegyi kutyának, aki eddig egy fa alatt aludt.

– Mi addig tüzet csiholunk.

Judy kb. 15 perc múlva jelent meg egy jó adag rőzsével. Ami meglepte a hadnagyot, hogy a rőzse szépen össze volt kötözve, és a kislányhoz képest nagy köteg volt. Úgy cipelte, mint az öregasszonyok a mesékben.

– Ezt meg hogy csináltad? – kérdezte a hadnagy.

– Mit hogy csináltam?

– A rőzse szépen össze van kötve.

– Ja! Hát van nekem bicskám és zsinegem a zsebemben. Itt! – és megmutatta a rejtett zsebet.

– És mi dudorodik még ki az oldaladon?

– Ez egy kis pisztoly! – A hadnagy arcából kifutott a vér a meglepetéstől. – Ne ijedj már meg annyira! Ez csak egy kis pisztoly arra az esetre, ha megtámadna egy állat. Meg tudom sebesíteni vele és jelezni tudok Papának, hogy baj van. De szerencsére még egyszer sem kellett használni.

– Megijedtél? – kérdezte Jack.

– Egy kicsit.

– Ne aggódj! Tud lőni a kicsi lány. Ebéd után versenyzünk.

– Azt tudod, hogy Roger is jó lövő? – kérdezte Judy Jacktől. – Zsaru. – Erre mindkét férfi felnevetett.

– Na, hozd ide a rőzsét, királylány! – mondta Jack, fulladozva a nevetéstől.

– Oké, de előbb el kell, hogy szaladj előlem, mert különben szíjat hasítok a hátadból. – Judy kivett egy vékony rőzsét és úgy tett, mintha dühös lenne. Csapkodott a rőzsével és közben kiabált:

– Szaladj, mert ha utolérlek, nagy baj lesz! – Jack úgy tett, mintha megijedne, és elkezdett szaladni. Judy olyan gyorsan szaladt utána, hogy a hadnagy csak nézte, hogyan kapkodja a pici lábait, közben ő is nevetett.

– Jaj, jaj. Cowboylány, könyörülj szegény fejemnek! – állt meg és térdelt le Jack. – Hogyan süssek finom ebédet neked, ha elkergetsz? – Judy megállt a férfi előtt és úgy tett, mintha megfontolná, amit tenni szeretne.

– Rendben, alattvalóm, főzz finom ebédet! De finom legyen ám, mert nagyon éhes vagyok!

– Úrnőm – állt fel Jack és meghajolt a kislány előtt –, visszavihetem? – Judy bólintott, mire Jack a nyakába kapta őt, így mentek vissza a hadnagyhoz.

– Mit segítsek? – kérdezte Judy most már normális hangon.

– Hozz fát és a gyújtóst!

– Rendben. Hozom máris!

– Látom, értesz a nyelvén! – mondta a hadnagy.

– Igen, sokat volt velem nyaranta és le kellett foglalnom őt, mert mindig egy izgő-mozgó gyerek volt. Minden érdekelte és érdekli. Nem tudsz neki olyat mutatni, ami ne érdekelné, és ne akarná maximálisan megérteni a miértjét.

– Igen, ezt is tapasztaltam már. A legújabb játéka, hogy bűnügyi történeteket akar megfejteni. El kell mondanom neki egy esetet és ő kitalálja, hogy ki volt a bűnös. Múltkor megpróbáltam átverni őt egy álesettel, de nem sikerült.

– Én mondtam, hogy okos.

– Az jó, hogy ti beszélgettek, én meg dolgozom, de így nem lesz soha ebéd.

– Igenis, hölgyem! Értettem a célzást! – mondta Jack. – Találsz kekszet a szokásos helyen, ha éhes vagy, csak maradjon hely az ebédnek is.

– Köszi.

– Gyújtsunk be, mert így tényleg nem lesz soha ebéd. – A két férfi hamar tüzet csinált.

– Megyek a konyhába, hozom a húst!

– Vigyázok a tűzre addig! – Közben Judy visszatért, keksz-szel a kezében.

– Kérsz? Nagyon finom – kérdezte a hadnagyot.

– Köszönöm. Hm. Tényleg finom.

– Hegyi Papánál mindig van ilyen keksz. Ha kicsit éhes vagy, megeszel 2-3 darabot és kibírod evésig.

Jack visszatért a nyársra húzott hússal. A fácánhús már előre be volt pácolva, így hamar megsült. Salátát ettek hozzá meg kenyeret. Jóllakottan ültek le a teraszon a padra. Judy a hadnagy ölébe hajtotta a fejét, és pár perc alatt elaludt. Jack hozott egy takarót és betakarta.

– Kifáradt. Nem csoda. Jó itt a levegő! – mondta a hadnagy.

– Itt mindig jókat aludt délutánonként. Miután aludt egy órát, úgy fog felkelni, mintha alvás közben feltöltődne valamivel. Mint amikor a lemerült aksit újra feltöltöd 100%-ra. Iszonyú energia van a kisasszonyban.

– Kérdezhetek valamit? Tényleg te tanítottad meg lőni?

– Igen. Egyszer, mikor két éves volt, eltűnt a szemünk elől. Mindenhol kerestük, az anyja teljesen kétségbe volt esve. Aztán abban a szobában találtuk meg, ahol a fegyvereket tartom. Van engedélyem mindegyikre. Tengerészgyalogos voltam, onnan szereltem le. Szóval egy puskát tartott a kezében, méghozzá szétszedve. Az anyja elájult, mikor meglátta. A mai napig nem jöttem rá, hogyan sikerült szétszednie, és arra sem, hogy amikor elkezdtem összetenni, ő mutatta, hogy mi hova való... Az anyja tiltakozott, hogy eszembe ne jusson semmire megtanítani, mert eltiltja tőlem, de Judy hallotta ezt a beszélgetést és olyan hisztit lecsapott, hogy márpedig ő meg akar tanulni mindent tőlem, különben elszökik otthonról és nem megy haza többet, hogy a lányom végül engedett neki. Nagyon szerette Judyt és tudta, hogy képes lenne megszökni otthonról. Így lett az, hogy sok mindenre megtanítottam a kicsi lányt, mikor itt volt velem nyaranta vagy egy-egy hétvégén. Tud lőni, tud íjjal bánni, ismeri az állatokat, a növényeket, én tanítottam meg úszni, lopakodni vadászás közben. Be tudja pácolni a húst, tud tüzet rakni. Ezek neki már természetes dolgok, ő félig városi, félig vidéki gyerek. Egyébként milyen az új családja?

– A férfi pénzügyi elemzőként dolgozik, a nő mérnök. Viszonylag gazdagok, de nem az a túl gazdag család, csak van miből megvenni sok mindent. Úgy látom, hogy szeretik Judyt, és Judy is szereti őket. Ugyan kicsit nehéz volt a váltás, de kezdi megszokni. Azt mondta, hogy a szülei nem voltak ilyen gazdagok, de azért megvolt mindene, és ez egy kicsit hiányzik neki.

– Ez így van. A lányomnak jó munkája volt, fizetése is jó volt, a férjének is. Nem éltek gazdagságban, de megvolt nekik, ami kellett, és ők így voltak boldogok. Judyt imádták, amolyan igazi szerelemgyerek.

A két férfi csöndben beszélgetett még dolgokról, míg Judy mélyen aludt. Aztán ahogy Jack mondta, kb. 1 órányi alvás után Judy felébredt. Felnézett a két férfira, és egy széles mosolyt küldött feléjük.

– Jót aludtál, kisasszony? – kérdezte a hadnagy.

– Itt mindig jót lehet aludni. Főleg, hogy most még a párnám is kényelmes volt – nézett a hadnagyra mosolyogva.

– Ennek örülök. Nem mertem megmozdulni.

– Megbeszéltetek mindent?

– Igen – mondták szinte egyszerre a férfiak.

– Akkor mehetünk lőni?

– Én megmondtam. Még ébredezzél egy kicsit. Kérsz kakaót?

– Hm. Inkább egy kis limonádét.

– Rendben. Hozok neked, királylány!

– Rólam is beszéltetek? – kérdezte a hadnagyot Judy.

– Igen. Jack kérdezte, hogy hogyan érzed magad az új családoddal.

– És elmondtad? De titkokat nem árultál el ugye? Pl. hogy megszöktem múltkor.

– Nem, az a mi titkunk marad.

– Köszönöm – nyomott puszit a hadnagy arcára.

– Hölgyem, a limonádéja.

– Köszönöm. Hm. Ez nagyon fincsi! Mehetünk lőni?

– De türelmetlen vagy!

– Csak mert kevés időnk van.

– Van időnk bőven.

– De időben haza kell érnünk.

– Nem kell. Ma nálam alszol.

– Ez biztos? – kérdezte hitetlenkedve Judy.

– Igen – mondta kaján mosollyal az arcán a hadnagy.

– Aha! Susan és Charles biztos egyedül akart maradni. Mondtam neked, hogy nagyon szerelmesek.

– Kicsi lány!

– Jól van, na! De ez szuper, hogy ma nálad aludhatok.

– Ha gondoljátok, aludhattok itt is.

– De jó lenne!

– Nem akarunk zavarni.

– Roger, kérlek!

– Van váltóruhám, aztán majd délelőtt hazamentek.

– Kérlek!

– Na jó. Rendben. Akkor maradhatunk.

– Szuper! Köszi, köszi! – ugrándozott Judy boldogan.

– Ezt a látványt semmire nem lehet elcserélni – mutatott Jack Judyra.

– Ebben igazad van.

– Nos, akkor induljunk lőni. Van egy lőpályám 500 méterre innen. Gyere, kicsi lány, hozzuk a fegyvereket és a lőszert!

– Megyek én is segíteni.

A lőtérnek nevezett hely tényleg szabályos lőtérnek volt kialakítva. Kb. 1,5 km-szer 3 km-es területen helyezkedett el. Körbe volt kerítve a biztonság kedvéért, nehogy az arra tévedő állatok megsebesüljenek. Az elrepülő golyókat is volt, ami felfogja: hatalmas dupla falú palánk terült el a célpontok mögött.

– Na, mit szólsz hozzá? – kérdezte a hadnagyot Judy.

– Ez tényleg jó.

– Itt tanultam lőni. Mindjárt jövök, csak felveszem a mellényt.

– Mit?

– Ja, bocs. Papa csinált nekem egy olyan mellényt, ami felfogja a puska visszarúgását, mert még kicsi vagyok.

– Értem.

– Vigyázz vele, mert jól tud lőni. Tudom, te rendőr vagy.

– Majd hagyom győzni.

– Csak akkor hagyd, ha tényleg úgy gondolod. Szereti a tiszta győzelmet.

– Oké.

– Kezdhetjük, csöpség?

– Igen.

Először embert formáló célokra lőttek, majd állatok mozogtak jobbról balra, végül konzervdobozokra lövöldöztek. A hadnagy egy ideig lőtt rendesen, mert Judy tényleg nagyon ügyes volt és eltalálta a célpontokat. A pontokat számítva fej-fej mellett haladtak. Azonban a dobozoknál direkt elrontotta az első és az utolsó előtti lövést, így Judy győzött.

– Nem játszottál tisztességesen! – mondta a kicsi lány boszszúsan.

– De igen – válaszolt a hadnagy.

– De nem. Láttam, hogy az utolsó előtti lövést direkt mellé lőtted.

– Miből láttad?

– Ahogy tartottad a kezedben a puskát. Kicsit direkt oldalabbra céloztál, mint a célpont. Felteszek neked még egy dobozt, és ha eltalálod, akkor bebizonyosodott, hogy csaltál. – Judy elszaladt.

– Én mondtam neked. Az apja is hagyta nyerni őt sokszor, de egyszer rájött, és azóta nem tűri, hogy valaki csaljon.

– És nem baj, ha legyőzi valaki?

– Azt jobban tűri, mint a csalást. Ha legyőzik, az inkább arra sarkallja őt, hogy gyakoroljon még. Ő sokkal másabb, mint a korabeli gyerekek.

– Oké. Akkor most muszáj lesz eltalálnom a dobozt.

– Lőhetsz! – szaladt vissza Judy. A hadnagy lőtt, és eltalálta a dobozt.

– Ugye mondtam, hogy csaltál! Bűnös vagy, és a bűnösnek büntetésül vissza kell engem cipelni a nyakában.

– Hölgyem, beismerem, hogy csaltam – ereszkedett féltérdre a hadnagy, mint aki bánja bűnét. Rájött már, hogy a kicsi lányt milyen boldoggá tudja tenni az ilyen színpadias játék, és neki is felüdülést jelentett játszani, elfeledve a kinti világot. Újból gyereknek érezte magát Judy mellett, és ez sokkal szórakoztatóbb volt, mint bármi más. – Hölgyem, pattanjon fel.

– Papa, tudod hozni egyedül a fegyvereket?

– Persze, menjetek csak.

– Uram, indulhatunk!

Kezdett sötétedni, mire visszaértek a házba.

– Csinálhatok szendvicseket? Éhes vagyok!

– Persze. Tudod, mi hol van. Én a szokásost kérem. Roger! Be kellene állnod a garázsba, mert éjjel a vadak összemászkálják és összekarcolják az autót.

– Rendben. Menjünk.

Mire a két férfi visszaért, finom szendvicsek és gőzölgő tea várt rájuk az asztalon.

– Ejha! Finom illatok vannak itt. Ezt mind te csináltad?

– Igen. Látsz itt tündért valahol? Üljetek le!

– Megéheztem – mondták szinte egyszerre a férfiak.

Megvacsoráztak, majd nekiálltak megtisztítani a fegyvereket. Judy a hadnagy ölébe ült, mert egyedül nem tisztíthatta meg a fegyvert, ez Jack szigorú szabálya volt. A férfi meglepődött Judy ügyességén. Látszott, hogy sokszor csinálta már ezt. A lőtéren is csak nézte a kislányt, hogy milyen ügyes. Vajon mit tud még ez a kislány, ami meglepetést okozhat neki?

Mire befejezték a tisztogatást, késő este lett. Judynak aludnia kellett menni. Elment megfürödni. Természetesen közben énekelt, és a két férfi néma csendben hallgatta a tiszta hangokat. Jack is szerette hallgatni, ahogy Judy énekel. A kislány végül megkérte a hadnagyot, hogy fogja a kezét, míg elalszik.

– Jó éjt, Papa!

– Jó éjt, királylány! Ügyes voltál ma. Szép álmokat!

– Elaludt – jött vissza kb. 15 perc múlva a hadnagy.

– Most jól elfáradt. Remélem, végigalussza az éjszakát! Meg látom, hogy veled jól érzi magát, és így nincs gond vele. Sokszor volt, hogy amikor nálam aludt, akkor rémálmai voltak. Mindig felébredt az éjszaka közepén és nem tudott visszaaludni. Ez kb. 9 hónappal ezelőtt kezdődött. Mintha megérezte volna, hogy a szülei meg fognak halni, mert mindig arról mesélt, hogy álmában szörnyek jöttek érte, elvitték magukkal, és nem jöhetett többet haza. Ennek az álomnak több változata is volt, de a lényege mindegyiknek ugyanaz volt.

– Nálam is volt már, hogy felriadt éjszaka, de mivel ott aludtam mellette, ezért odabújt hozzám és hamar visszaaludt. Olyan is volt, hogy reggel arra ébredtem, hogy keresztben fekszik rajtam.

– Úgy látszik, nálad jól érzi magát, biztonságot adsz neki. Nem gondolkodtál rajta, hogy örökbe fogadod?

– De igen. Csak hát a munkám miatt nem mertem bevállalni a kisasszonyt. Nagyon imádom őt, de mivel ilyen izgő-mozgó, féltem, hogy nem lesz kire bízni, ha nem tudok időben hazaérni. Márpedig ez gyakran megesik, és mivel nincs feleségem, így még kilátástalanabb volt a helyzet.

– Teljesen megértem. Én a távolság miatt nem vállaltam. Évek óta itt élek, képtelen lennék a városban lakni.

– Ez is érthető. De ha jól hallom, akkor valaki közeledik. Mi a baj, kicsi lány? – jelent meg mellettük Judy.

– Nem voltál ott és megijedtem, hogy valami bajod esett.

– Nem kell félni, itt vagyok, nincs semmi bajom. Ha vársz egy kicsit, akkor megfürdöm és megyek veled aludni. Úgyis álmos vagyok én is. – A nyomaték kedvéért ásított egyet a hadnagy.

– Oké, de azért a hasadba nem szeretnék belelátni.

– Bocsánat, hölgyem, elfelejtettem a jó modort.

– Semmi baj, csak igyekezz, mert álmos vagyok.

– Igenis hölgyem. Már itt sem vagyok.

– Ugye neked is tetszik Roger?

– Szimpatikus. Szereted, igaz?

– Igen. Kár, hogy nem tudott örökbe fogadni. Nem lenne velem semmi gondja, mindig szót fogadnék neki.

– Az lehet, hogy ezt te így gondolod, de azért egy kisgyerekkel van bőven gond. Ezt te nem érzed, de a felelőssége igen nagy egy felnőttnek, ha gyereke van.

– Az lehet – sóhajtott Judy egy nagyot.

Kb. 10 perc múlva megjelent a hadnagy megfürödve.

– Jó éjt, királylány!

– Jó éjt, Jack!

– Na, gyerünk – vette fel a hadnagy Judyt –, irány az ágy!

Reggelig csönd uralta a házat. Reggel 8 körül Judy már fent volt. Óvatosan kiszállt az ágyból és kiosont, nem akarta a hadnagyot felébreszteni.

– Jó reggelt!

– Jó reggelt, csöppség!

– Roger?

– Még alszik. Sokat dolgozik, így biztosan fáradt. De hamarosan felkel, mert ha érzi, hogy nem vagyok mellette, akkor felébred. Készítsünk addig reggelit, és főzzünk kávét meg teát!

– Rendben.

Ahogy a kicsi lány mondta, a hadnagy is hamarosan megjelent kicsit álmosan.

– Jó reggelt, hadnagy uram!

– Jó reggelt, kicsi lány!

– Csináltunk neked reggelit meg kávét.

– A kávé, igen, az az ébresztő.

– Jól aludtál?

– Igen, bár valaki megint szorosan mellettem kötött ki, így majdnem leestem az ágyról.

– Bocsi – nézett rá mosolyogva, ártatlan szemekkel Judy.

– Gyere ide – s a hadnagy egy nagy puszit nyomott a fejére. – Na, hadd lássam azt a finom reggelit!

– Jó étvágyat! – tette elé a szendvicset Judy.

– Hm. Ez nagyon finom.

– Köszönöm. Saját készítés. Ahogy anya mondta régen: szívvel készült.

Miután befejezték a reggelit, átöltöztek és kimentek sétálni egyet. Judy felvitte a hadnagyot a dombra egy barlanghoz. Elmondta, hogy innen lett a *Hegyi Papa* elnevezés. Szép kilátás nyílt a környékre. A hadnagy csak a mocsararas részt ismerte, nem igazán tudta, hogy ezen a környéken ilyen szép helyek is vannak. Nem csoda, ha a kicsi lány jól érzi magát itt. Ő is érezte a környékből áradó tisztaságot. Volt valami varázsa ennek a helynek. Judy hozzábújt a férfihoz. Tudta, hogy nemsokára haza kell indulnia, és szerette volna még érezni a hadnagy illatát, ami mindig megnyugtatta. A férfi ugyanezt érezte, így ő is átölelte a kislányt. Így álltak perceken keresztül.

– Szeretnék veled több időt lenni – szólalt meg Judy. – Szeretem Susanékat, de téged akkor is jobban szeretlek.

– Figyelj rám, kicsi lány – térdelt le hozzá a hadnagy –, ezt már megbeszéltük egy párszor, igaz? – Judy könnyes szemmel bólintott, hogy igen. – Akkor szeretném, ha most is ugyanolyan nagylány lennél, mint eddig voltál, hogy büszke lehessek rád. Te is tudod, hogy milyen a munkám. Örüljünk inkább annak, hogy ilyenkor együtt lehetünk és jól szórakozunk. Vagy nem érezted jól magad?

– De éppen ez a baj – válaszolt sírva Judy. – Túlságosan szeretlek, és ez nem jó így. Mindig olyan rossz hazamenni – ölelte át a hadnagyot.

– Hidd el, kérlek, hogy nekem is nagyon rossz. Én is nagyon szeretlek, de az élet tele van választutakkal. Mi ketten azt választottuk, hogy keresünk neked egy családot és amikor engedik, találkozunk. Ez a helyzet most. – Felemelte a kislány fejét és belenézett a szemébe. – Szeretnék továbbra is találkozni veled, de annak az a feltétele, hogy amikor hazaviszlek, akkor nagylányként viselkedj, ne látszódjon rajtad, hogy mennyire nehéz az elválás.

– Attól leszek nagylány, hogy elrejtem az érzéseimet?

– Attól is. Az én szakmámban ez az egyik legfontosabb dolog: ne lássák rajtad az érzéseidet.

– De én nem akarok zsaru lenni! Egyelőre azt sem tudom, mi szeretnék lenni. Pici vagyok még ehhez.

– Ez igaz. Nekem azonban mindig egy okos nagylány leszel – ölelte át a hadnagy, miközben puszit nyomott a fejére –, az én okos cowboy barátom.

Judy erre felnézett, letörölte a könnyeket a szeméből, és egy hatalmas puszit adott a hadnagy mindkét arcára. Aztán mindketten elmosolyodtak.

– Azt hiszem, ideje visszaindulnunk. Éhes vagy?

– Egy kicsit. De ennünk kellene valamit, mert mire hazaérünk, vacsoraidő lesz, és az még messze van.

– Akkor induljunk – fogta meg a hadnagy Judy kezét. Bármikor megfogta a kislány kezét egy-egy ilyen beszélgetés után, mindig érezte a testén átfutó villámot, ami melegséget okozott neki, de megszokta már, így nem zavarta. Ugyanakkor ennek az érzésnek köszönhette azt, hogy el tudta viselni a hétköznapokat Judy nélkül.

Lassan visszaértek a házhoz. Tényleg lassan. Egyiküknek sem volt kedve megválni a másiktól. Mire visszaértek, jól megéheztek. Ettek a tegnapról maradt fácánsültből, ittak limonádét, majd összeszedték a ruháikat. Míg csomagoltak, Judynak ismét eleredtek a könnyei. A hadnagy észrevette. Odament hozzá és szorosan megölelte. Az ő szíve is nehezen viselte az elválást, de ahogy mondta fent a dombtetőn, ezt az utat választották. Judy mintha érezte volna a hadnagy gondolatait:

– Ígérem, hogy nagylány leszek a kedvedért, hogy büszke lehess rám – mondta, miközben letörölte a könnyeit.

– Köszönöm – válaszolta gombóccal a torkában a férfi. – Induljunk.

– Oké.

– Szia, Hegyi Papa! – ölelte meg Judy Jacket.

– Szia, kicsi királylányom! Jó volt téged látni! Gyertek legközelebb is, ha tudtok, bejelentkezés nélkül is.

– Jövünk, attól ne félj!

– Köszönünk mindent, Jack!

– Roger! Örülök, hogy megismertelek! Jó utat!

– Szia! – integetett Judy az ablakból.

Jack szomorúságot érzett és bármennyire erős volt, egy könnycsepp gördült végig az arcán, ahogy nézte a távolodó autót. Nagyon szerette a kislányt, de a várostól való távolság miatt nem vehette magához. A kislánynak oviba kell járnia, ráadásul lassan iskolás lesz. Remélte, hogy a nevelőszülőknél jó dolga van, és lesz is.

Judy és a hadnagy este hatra értek haza. Mikor megálltak a ház előtt, egymásra néztek és szavak nélkül tudták, mire gondol a másik. Judy vett egy mély levegőt és kiszállt az autóból. A hadnagy kivette a táskáját és elindultak együtt a ház felé. Susan várta őket az ajtóban.

– Sziasztok! Jót mulattatok?

– Igen – válaszolta Judy és a hadnagy meglepődött, hogy milyen határozottan és kimérten volt képes beszélni ez a kicsi lány, elrejtve a benne dúló érzéseket. Judy visszafordult a hadnagyhoz, megölelte és a fülébe súgta: így jó volt? A hadnagy visszasúgta: büszke vagyok rád.

– Ennek örülök. Menj be, kérlek. Charles bent vár. Én beszélnék még pár szót Rogerrel.

– Szia! – köszöntek el egymástól.

– Minden rendben volt? – kérdezte Susan.

– Igen. Semmi gond nem volt vele.

– Mesélt a vizsgálatról?

– Igen, de csak szűkszavúan.

– Beszélgettünk Charlesszal és úgy döntöttünk, hogy nem akarjuk kitenni őt semmi extrának, így csak a helyi iskolába fogjuk beíratni és inkább magánórákra járatjuk, Charles meg vállalta, hogy itthon tanul még többet vele.

– Ez szerintem is jó döntés. Még azért látszik rajta a szülei halála miatti szomorúság, nem fogadta el teljesen a helyzetet. De szeret titeket, ezt el is mondta nekem, és szerintem ez a legfontosabb.

– Ennek örülök. Charles is kezdi elfogadni őt. Pozitív változásokon mentünk keresztül, hála neked és Judynak.

– Én nem tettem semmit – szerénykedett a hadnagy.

– Neked köszönhetjük Judyt.

– Hm – mosolyodott el a férfi. – Mennem kell. Szólsz, ha megint láthatom őt?

– Persze, de szerintem két hét múlva lehetséges lesz.

– Köszönöm. Szia!

– Szia!

A hadnagy nehéz szívvel, de hazament. Nagyon jól érezte magát a hétvégén a kislánnyal és ugyan a vele való találkozások után mindig bánta a döntését, de mindig arra a következtetésre jutott, hogy Judynak szüksége van egy biztos családra, amit a mostani szülei egyelőre meg tudnak neki adni. Ő pedig megadja még neki ezzel a pár alkalommal azt a pluszt, amit egy pótapa adhat neki. Az ő szerepe egyelőre ennyi.

9.

Judy iskolába kerül

Teltek-múltak a hetek. Judy az óvoda után az iskolaelőkészítő csoportba járt. Nagyon élvezte az előkészítőt, bár sokszor unta is, mert ahogy azt a doktornő is mondta a vizsgálaton, ő kétszer olyan gyorsan felfogta a feladatok lényegét és kétszer olyan gyorsan megcsinált minden feladatot, mint a többi gyerek. Az óvónő be is hívatta a szüleit emiatt. Meg is beszélték a dolgot, hogy Judy ugyan értelmesebb és okosabb a többieknél, de nem megy speciális suliba, és inkább adjon az óvónő neki dupla feladatot, csak hadd maradjon még gyerek. Az óvónő megértette a szülők kérését, és dupla feladatokkal látta el Judyt. Így mindenki jól érezte magát.

Charles otthon tanította őt, de inkább csak logikai feladatokat oldottak meg a kislány szintjén. Nem akarta, hogy Judy unatkozzon az iskolában, így írni-olvasni nem tanította meg, ennek ellenére egy-egy betűt vagy számot Judy már felismert. Charles nagyon türelmesen foglalkozott a kislánnyal, ami nagyon jót tett mind nekik, mind a családi életüknek. Judy nem szökdösött el soha többet, szólt a szüleinek, ha gondja volt, egyszóval jól érezte magát az új családjában.

A hadnaggyal rendszeren találkoztak, havonta egyszer, kétszer, ahogy a családi élet és a férfi munkája megengedte. Rendszeresen felmentek együtt Hegyi Papához is.

Úgy tűnt, Judy élete jól alakul.

Aztán hatévesen bekerült az iskolába. A tanító néni pár hét alatt észrevette, hogy Judy gyorsabban halad, mint a többiek, és hogy sokszor unatkozik órákon. Charles ugyan otthon megbeszélte vele, hogy próbáljon úgy tenni, mint aki ugyanolyan képességű, mint a többiek, de ezt könnyű mondani, válaszolta egyszer Judy egy beszélgetés alkalmával. Az első fogadóórán a tanítónéni elmondta Susannak és Charlesnak a tapasztalatait, akik ugyanazt kérték tőle, mint az óvónőtől az előkészítőben. A tanítónéni is megértette a szülőket, ugyanakkor felajánlotta, hogy beszél az igazgatóval, adjon lehetőséget arra, hogy Judy félévkor átkerülhessen a második osztályba, mert szerinte az első osztályos anyagot Judy egy pár hónap alatt megtanulja. A második osztályos anyagot pedig be kell hoznia a második félév alatt, így le lesz terhelve, és nem fog az órákon unatkozni. A harmadik-negyedik osztály pedig már nem olyan könnyű, így ott a kislány nem fog unatkozni. A tanítónéni felajánlotta azt is, hogy segít Judynak az első osztályos anyagot feldolgozni fél év alatt, ha a váltás mellett döntenek.

A szülők kértek egy kis időt ennek megbeszélésére. Megegyeztek, hogy várnak egy hónapot még, és utána megint leülnek és átbeszélik Judy fejlődését.

Charles és Susan sokat beszélgettek erről a váltásról, közben pedig figyelték Judy fejlődését. Mivel úgy látták, hogy jól fejlődik, amellett döntöttek, hogy megpróbálják a váltást. Beszéltek Judyval is, aki láthatóan örült a hírnek.

A következő hónapban beszéltek a tanítónénivel, aki mondta, hogy ő már beszélt az igazgatóval, és ha Judy le tudja tenni a különbözeti vizsgát, ami egy teszt lesz, akkor feljebb léphet egy osztállyal.

Mivel minden iskolásnak van laptopja, így Judy is kapott egyet már év elején, aminek nagyon örült. Ki is használta minden nap, amikor csak tudta. Hamar beletanult a használatába és már olyan dolgokat is megtalált, amire nem is gondolt kisgyerekként. Charles napról napra meglepődött Judy fejlődésén, hisz' dupla anyagot kellett megtanulnia, de láthatóan élvezte a dolgot. Persze azért hétvégére jól elfáradt mindig, de bevezették, hogy együtt futni mentek, mert Judy azt szerette a legjobban. A suliban is mindig jó volt futásban, így futóversenyekre is eljártak. Bár Judy inkább tanulni, olvasni szeretett, neki a futás csak hobbi, kikapcsolódás volt. Plusz ott volt a zongora, amit sokat gyakorolt – volt, hogy hétvégenként három órát is képes volt gyakorolni. Ő ezt nem tehernek érezte, hanem úgy, hogy ezzel több lesz, amit nem vehetnek el tőle. Ráadásul élvezte a zenét.

Ami viszont Charlesnak furcsa volt, hogy Judy közölte, hogy inkább könyveket szeretne olvasni, mert a laptop fénye sokszor bántja a szemét. Ezért kerestek egy könyvtárat, és onnan először gyerekkönyvek sokaságát kölcsönözték ki, majd később már komolyabbakat is, elsősorban ismeretterjesztő könyveket. Judy élvezte az olvasást. Nagyon sokat tanult ezekből a könyvekből, amiből rendszeresen kiselőadásokat tartott Smith hadnagynak és a szüleinek. Charles kezdett büszke lenni rá. A hadnagyról nem is beszélve.

Így teltek a hetek, míg eljött a félévi vizsga ideje. Már a negyedéves teszteket is tökéletesen írta meg Judy, de a félévi nehezebb volt, mivel itt a záró tesztet kellett megírnia. Ezen múlott, hogy feljebb léphet-e egy osztályt. Mikor megírta a dolgozatot és beadta, remegő lábakkal ment haza. Sokat gyakorolt, és hat évesen ez volt az első igazi megmérettetése. Fáradtan dőlt be este az ágyba, semmihez nem volt kedve. Úgy érezte magát, mintha kiszívták volna az agyát, legalábbis ezt válaszolta Charles kérdésére, miszerint hogy sikerült a vizsgateszt.

Másnap nagy meglepetés érte, ugyanis a tanítónéni magához hívta tanítás után és közölte vele, hogy 100%-os lett a tesztje. Judy először nem akart hinni a fülének. Azt hitte viccel a tanítónéni, aztán megnézte a tesztet, ahol minden válasz ki volt pipálva. Nem tudta hirtelen, hogy örüljön-e ennek, mert ez azt jelentette, hogy pár nap múlva új osztályba fog járni, új gyerekeket kell megszoknia. Kicsit szomorúan ment haza. Hétvégén próbálta elfelejteni a dolgot, de nem igazán sikerült. Végig azon járt az agya, hogyan fogadják őt az osztályban. Charles próbált beszélni vele, de nem tudta igazán jókedvre deríteni, és sajnos pont ezen a hétvégén Smith hadnagy sem ért rá.

Hétfőn már az új osztályba kellett mennie. Remegő lábakkal indult el otthonról. Igazából próbálta betegnek tettetni magát, de Susan és Charles is tudta, hogy ez csak a suli miatt van. Az első napja nem volt túl jó, mert a gyerekek nem nagyon akartak vele szóba állni. Tudták, hogy azért van itt, mert okos, de a gyerekek olyanok, hogy nem mindig bírják elviselni, ha valaki okosabb náluk.

Természetesen az osztályban volt két lány, akik nagyon okosnak gondolták magukat. Ez azonban nem tartott sokáig, ugyanis Judy igyekezett az órákon, sokat jelentkezett, a válaszai jók voltak, így hamar behozta a lemaradását, így a negyedéves tesztje majdnem 100%-os lett. Azért csak majdnem, mert kezdett már kicsit fáradni a sok tanulástól. Természetesen a két lány csúfolni kezdte őt ezért. Azonban a többi osztálytársa hamar megszerette őt: volt, hogy segített nekik a tanulásban, és az iskolai programokon is mindig segítségére volt mindenkinek. Az év végi zárótesztjei kivétel nélkül 100%-osok lettek. Charles és a tanítónénik is büszkék voltak rá. Volt is mire, mert Judy nem csak az iskolában, hanem az iskolán kívül a zongoravizsgán és a futóversenyeken is kimagasló teljesítményeket nyújtott. Igazából ő is érezte, hogy a sok tanulás, a sok gyakorlás már kezdi fárasztani, így kicsit örült a nyári szünetnek, amikor is a szülei megengedték neki, hogy felmenjen egy hétre Hegyi Papához, illetve jó pár napot együtt lehetett a hadnaggyal is. Táborokban is volt, és mindenhonnan feltöltődve jött haza.

Így ment ez évről évre: Judy jól tanult az iskolában, Charles egyre többször vonta be a munkájába esténként, hétvégenként, mint segéderőt, a hadnagy pedig titokban önvédelemre tanította őt, sőt a laborban is tanítgatta, amikor hétvégenként együtt voltak. A hadnagy munkatársaival is gyakran találkozott, akik látták így őt felnőni. Nagyon megkedvelték ők is a kislányt az évek alatt.

A suliban szerették és tisztelték őt szerény viselkedése és igazságossága miatt. Gyakran kérték ki a véleményét egy-egy vitás esetben, de arra sohasem tudták rávenni, hogy diákönkormányzati vezető legyen. Arra mindig azt mondta, hogy azt meghagyja a nagyravágyóknak.

Így teltek az évek, míg Judy el nem érte a 12 éves kort, Charles pedig Judy segítségével egyre jobb munkákat kapott, és egyre több fizetést is.

Charlest kezdte megbolondítani a pénz, és Judy azt vette észre, hogy már többet dolgozik ő otthon és gyakrabban végzi el Charles munkáját, mint a férfi. Kezdett neki nem tetszeni ez, mert ő inkább még többet szeretett volna tanulni, korrepetálni másokat és zongorázni. Azonban ezek a dolgok egyre inkább kezdtek háttérbe húzódni, így sokszor előfordult az is, hogy éjszaka kellett tanulnia, házit írni Charles miatt. Susan próbált beszélni a férfival, de az hallani sem akart arról, hogy Judy ne segítsen neki a munkájában, mivel a lány meglátásai, munkája vitték őt feljebb a ranglétrán.

Egyik este Charles azzal jött haza, hogy megbízták egy egy évre szóló európai munkával. Mint kiderült, a munka abból állt, hogy hat ország megadott nagyvállalatait kellett meglátogatnia és pénzügyi elemzéseket készíteni róluk, hogy érdemes-e befektetni azokba a cégekbe.

– Én nem akarok Európába menni! – közölte Charlesszal. – Itt vannak a barátaim, be kell fejeznem a sulit, meg egyebek! Egyébként is torkig vagyok azzal, hogy mindig én végzem el helyetted itthon a munkát, te meg lógatod a lábad bent, kérkedsz azzal, hogy milyen sok munkát elvégzel, és felveszed a nagy lóvét.

– Na ide figyelj, kisasszony! – vágott vissza dühösem a férfi. – Egyelőre én tartalak el, nekem köszönhetsz mindent, úgyhogy jobb, ha befogod a szádat!

– Igeeen? Abból a pénzből tartasz el, amiért én keményen megdolgozom itthon esténként! Akkor sem megyek Európába!

– Oké. Akkor visszamész az otthonba, de egy biztos, a hadnaggyal nem találkozhatsz többet. Távoltartási végzést fogok kérni ellene, és folyamatosan figyeltetni foglak. Na, mit válaszolsz?

Judy szeme könnybe lábadt, mégis dühösen sikerült válaszolnia:

– Ezt nem teheted meg, ehhez nincs jogod!

– Sajnálom, de van, mert most én vagyok az apád! – válaszolta Charles, és életében először lekevert egy pofont Judynak.

Judy sírva fakadt és felrohant a szobájába. Susan kérdőre vonta a férfit, de hiába, tudta, hogy Charles tartja el őket, így végül nem szólt többet.

Judy másnap titokban felkereste a hadnagyot.

– Szia! Hogy kerülsz ide? Nem a suliban lenne a helyed?

– Szia! De igen, de van egy kis gond. Charles kapott egy egyéves európai körutas munkát.

– Ez miért gond?

– Mert Susannak és nekem is el kell mennünk vele. Mikor pedig tiltakoztam azt mondta, hogy ha itt maradok, akkor visszakerülök az otthonba. Ez még nem lenne baj, de ellened távolságtartási végzést kér, hogy ne találkozhassunk. Teljesen meghülyítette a pénz, amiért én dolgozom meg esténként – mondta Judy, miközben könnybe lábadt a szeme.

– Az tényleg nem jó. Az a baj, hogy nem tudok ez ellen tenni, mert hivatalosan ő az apád.

– Tudom – mondta szomorúan a lány.

– Egyet tehetünk, amit már többször megbeszéltünk: nagylányként elviseled ezt. Még az is lehet, hogy hasznodra válik ez az egy év. Megismerhetsz országokat, kultúrákat, esetleg megtanulhatod a nyelveket. Úgyis mindig új dolgokat akarsz tanulni, most itt a lehetőséged.

– Ez oké, de egy évig nem foglak látni!

– Csak egy évről van szó, az hamar letelik. Arra való a Skype vagy minek hívják, hogy tudjunk beszélni.

– Annak hívják – mosolygott könnyes szemekkel Judy, mert tudta, hogy a hadnagy kicsit hadilábon áll a számítógéppel és a hozzá kapcsolódó programokkal. – Egyik este létrehozunk neked egy Skype felhasználói fiókot.

– Oké. Tudod, hogy ehhez én nem értek.

– Majd megtanítok mindent hozzá, de ha elakadsz, akkor a számítástechnikus George tud neked segíteni.

– Azt tudod, mikor indultok?

– Két hét múlva, amikor vége a sulinak. Addigra a cégek már túl lesznek az első féléven, így lehet elemzéseket készíteni.

A hadnagy mindig csodálta a lány pénzügyhöz való hozzáértését. Ahhoz is kellett bőven logika, hogy átlássa a rendszereket, ezért egy-egy ügy megoldásában nekik is tudott segíteni.

– Mennem kell, mert be kell érnem még a suliba, hogy beszéljek a tanárokkal a következő év anyagairól.

– Gyere, elviszlek!

– Köszönöm. Nagyon fogsz hiányozni – nézett a hadnagyra a lány.

– Te is nekem, kicsi lány. – A hadnagy szemében is könnycsepp csillant.

Judy próbált az elkövetkező két hétben mindent elintézni, barátokkal találkozni. Nagyon nem volt kedve itthagyni Miamit, de nem tehetett mást. Charles nagyon megfenyegette, erre nap mint nap figyelmeztette. Megbeszélte a barátaival is, hogy Skype-on meg e-mailben tartják a kapcsolatot és mindenről beszámol nekik. Alishát, a legjobb barátnőjét arra kérte, hogy néha beszéljen a hadnaggyal ő is, mert szeretné tudni, hogy tényleg jól van a férfi, vagy csak mondja.

Hamar eltelt a két hét, sokkal hamarabb, mint Judy szerette volna, de ez mindig így van. Sikeresen letette a vizsgákat, és az indulás előtti napon meglátogatta a hadnagyot a laborban. Megtanította neki, hogyan tudnak majd beszélni. Megbeszélték, hogy jeleznek telefonon egymásnak, ki mikor ér rá. Nehéz szívvel indult el a lány a laborból.

– Jó lenne, ha előretekerhetném az időt egy évvel!

– Meglátod, hamar eltelik.

– Bárcsak igazad lenne! Mennem kell! Vigyázz magadra – ölelte át a férfit.

– Te is vigyázz magadra, hercegnőm! – ölelte át ő is a lányt.

– Soha nem hívtál még így!

– Úgy látszik, öregszem!

– Nekem mindig is a hadnagyom maradsz. Megyek, mert így sohasem fogok elindulni.

– Rendben.

Kifele menet még elköszönt a hadnagy munkatársaitól is. Nagyon szerették a lányt, így még a férfiaknak is könnybe lábadt a szeme búcsúzkodáskor.

– Jövök vissza egy év múlva! Addig vigyázzatok egymásra!

– Te is vigyázz magadra azokban az ismeretlen országokban!

– Vigyázok. Sziasztok!

– Szia! – köszöntek el szinte egyszerre tőle.

Judy szomorúan ment haza. Susan észrevette rajta ezt.

– Minden rendben?

– Persze. Megyek még csomagolni.

– Az utazás miatt vagy szomorú?

– Igen. Nagyon nehéz most elmenni ismeretlen helyekre.

– Ezzel én is így vagyok, de szerintem jól fogjuk érezni magunkat.

– Remélem – válaszolt Judy továbbra is szomorúan.

– Másnap korán kellett kelni, mert tízkor indult a repülő, és előtte két órával kint kellett lenni a repülőtéren. Mikor felszállt a gép, Judy szemei megteltek könnyel. Hosszú lesz az út Európáig, át az óceán felett… Csak arra tudott gondolni, hogy majd túléli valahogy. A hadnagy mindig azt mondta neki: ami nem öl meg, az megerősít.

A hadnagy is szomorúan ment be másnap a laborba. Tudta, hogy Judy nemsokára elrepül Európába. Már most hiányzott neki a lány, pedig még csak egy éjszaka telt el. Nagyon hosszú lesz ez az egy év, ebben igaza van a lánynak. Vett egy mély levegőt, és megpróbált az aznapi feladatára koncentrálni.

Mintha megérezték volna egymás gondolatát, aznap este mindkettőjüknek ugyanaz a gondolat jutott eszébe: vajon látják még egymást? A kislány és a hadnagy…

A szerző

Horváth Elza 1975.01.11-én született Budapesten.
Érettségi után előbb pénzügyi ügyintéző volt,
később könyvelőként dolgozott egy multinacionális
vállalatnál. Család mellett végezte el a főiskolát,
ezután vállalkozást indított, azóta saját könyve-
lőirodáját vezeti. Egész életét kertes házban élte
le, imád kirándulni. Férjét is egy hétvégi kiruccanás
alkalmával ismerte meg Tatán. Két gyermekük
született. Négyéves kora óta sportol, nyolc éve
színpadi musicaltáncot tanul.

A kiadó

Aki feladja,
hogy jobbá váljon,
feladta,
hogy jobb legyen!

E mottó alapján a novum publishing kiadó célja
az új kéziratok felkutatása, megjelentetése,
és szerzőik hosszútávú segítése. Az 1997-ben
alapított, többszörösen kitüntetett kiadó az egyik
legjelentősebb, újdonsült szerzőkre specializálódott
kiadónak számít többek között Ausztriában,
Németországban és Svájcban.

**Valamennyi új kézirat rövid időn belül egy
ingyenes, kötelezettségek nélküli kiadói
véleményezésen esik át.**

További információkat a kiadóról és
a könyvekről az alábbi oldalon talál:

www.novumpublishing.hu